당신이

모르는

이야기

서장원
소설

당신이 모르는 이야기

다산
책방

차례

당신이 모르는 이야기 —— 7

이 인용 게임 —— 37

프랑스 영화처럼 —— 71

해변의 밤 —— 87

주례 —— 115

태풍을 기다리는 저녁 —— 127

망원 —— 153

해가 지가 전에 —— 181

해피 투게더 —— 205

해설 어떤 사람 A_인아영 —— 231

작가의 말 —— 249

.

●

당신이　모르는　이야기

당신이 모르는 이야기
문학3 2021년 4월

1

민주와 다시 만난 건 우리가 서른셋이 되던 해의 늦여름, 금요일 저녁이었다. 처음에 민주는 인스타그램 메시지를 통해 내게 연락해왔다. 우리는 고등학교 동창이었고, 팔로우를 한 번만 거쳐도 서로의 계정을 발견할 수 있었으니 민주가 나를 찾는 일은 어렵지 않았을 것이다. 민주의 메시지를 시작으로 우리는 잠시 대화를 나누었는데, 이야기 끝에 민주는 '작가에게 할 부탁'이 있으니 잠깐 시간을 내줄 수 있느냐고 물었다. 나는 좋다고 답장했다. 생각해보면 뜬금없이 청첩장을 받거나 사이비 종교를 권유받는 난감한 상황을 떠올릴 만도 했는데, 그때는 별다른 의심을 품지 않았다. 그냥 민주의 부탁이 궁금했다.

일주일 뒤, 민주는 한 시간 반을 운전해 우리 집 근처의 카페로 왔다. 우리는 단박에 서로를 알아보았다. 졸업 이후 만난 적이 없고 학창 시절에도 그리 친한 사이가 아니었던 것을 생각하면 신기한 일이었다. 우리는 마주 앉아서 옛날 얘기를 한참 했다. 내가 지역 백일장에 입상해 조회시간에 상을 받았던 일을 민주가 말했고, 그 뒤로 졸업여행이며 우리 모두가 한마음으로 싫어했던 몇몇 교사들로 대화가 넘어갔다. 이야기할 소재가 거의 다 떨어지고 나서야 민주는 약간의 뜸을 들인 끝에 용건을 털어놓았다. 혹시 소설을 한 편 써줄 수 있느냐고 민주는 물었다.

"내가 겪은 일들을 소설로 써줬으면 해서."

특별히 무언가를 예상한 것은 아니었지만, 그럼에도 그 얘기는 정말 뜻밖이었다. 민주가 다시 말했다.

"사실은, 여자 친구가 죽었어. 그 사람 얘기를 소설로 간직하고 싶어."

민주의 말을 이해하는 데에는 약간의 시간이 걸렸다. 나는 방금 들은 문장을 이해했으며, 이야기를 들을 준비가 됐다는 뜻으로 고개를 끄덕였다. 민주는 담담한 표정으로 자신의 의도를 설명하기 시작했다. 우리가 만났던 날로부터 일 년쯤 전, 민주는 상조회사로부터 문자메시지를 한 통 받았다. 정현의 부고와 장례식장의 위치를 알리는 메시지였다. 민주는 반쯤 믿지 못하는 마음으로 장례식장을 찾아갔고, 하루 종일 연락이 닿지 않았던 연인이 교통사고로 사망했다는 사실을 확인했다. 민주는 여느 조문객들처럼 정현의 사진 앞에서 절을 하고 향을 피웠다. 그리고 장례식장을 떠났다. 그것이 민주가 할 수 있는 전부였다. 민주는 다음 날 병가를 내고 결근했지만 모레부터는 다시 회사에 출근했고, 아무 일 없었다는 듯 일상을 이어갔다. 평일에는 출근해 일했고 주말이면 정현과 함께 다녔던 곳들을 혼자 걸었다. 민주는 정현의 부재에 대해 누군가와 이야기 나누길 원했지만 그건 불가능했다. 말할 수 있는 사람이 없었다. 이십 대 초반에 알게 된 레즈비언 친구들과는 이미 연락이 끊어진 지 오래였고, 지인들에게는 커밍아웃을 하지 않은 터라 주변 사람들은 민주가 연애 중이었다는 사실조차 몰랐다. 민주는 정현과 보낸 시간이 아무런 증인도 증언도 없이 사라진다는 생각에 허무감에 사로잡혔다. 어떤 기억이 자신의 머릿속에만 존재한다면 그것이 상상이나 망상과 다르다고 할 수 있을까? 나중에는 자신조차 정현의 존재를 의심하게 되지 않을까? 민주는 그런 생각을 멈출 수 없었고, 고민 끝에 자신의 기억을 하나의 완결된 이야기로, 한 편의 소설로 만들어야겠다고 마음먹었다. 나의 등단 소식을 전해들은 것은 그즈음의 일이었다. 민주는 내가 작가가 되었다는 소식을 듣자마자 내게 소설을 써달라고 부탁하면 어떨지 생각했고, 등단작을 읽고 나서는 마음을 굳혔다고 말했다.

물론 나는 민주의 부탁을 수락했다. 그렇게 사라져버리는 이야기에 생명력을 불어넣는 것이야말로 소설가의 의무라고 나는 굳게 믿고 있었다. 그러니 나에게 민주의 부탁은 일종의 과업이었고, 그런 과업을 거절하는 사람은 진정한 소설가라고 할 수 없었다. 이 이야기를 잘 쓸 수 있을지, 내게 그럴 자격이 있는지 확신하지 못했지만, 그건 어디까지나 부차적인 문제라고 생각했다. 그날 우리는 앞으로의 작업 방식과 작업 기간, 비용을 정한 뒤 헤어졌다. 우선 민주가 정현과의 일들을 인터뷰 형식으로 내게 말해주고, 그 내용을 바탕으로 내가 원고를 작성하기로 했다. 민주는 그때그때 글을 확인하고 피드백을 전할 예정이었다.

그날 밤, 집으로 돌아온 동혁은 내가 오랫동안 연락이 없던 고교 동창을 만났다는 말에 의아해했다. 동혁은 몇 되지 않는 내 친구들을 다 알았고, 내가 발이 넓지 않은 사람이라는 것도 알고 있었다.

"친했던 친구는 아닌데 나 등단한 거 축하해주고 싶대서."

나는 민주에 대해 자세히 설명하는 대신 그렇게만 말했다. 동혁도 더는 캐묻지 않았다. 동혁은 평일 동안에는 김포에 있는 회사 기숙사에서 지내다가 금요일에 퇴근하고 나서야 주말을 보내러 집으로 왔다. 그러고는 피곤한 몸으로 늦게까지 맥주를 마시며 미스터리 소설을 읽으려 들었다. 그것이 동혁의 거의 유일한 취미였다. 우리 부부의 주말 루틴이라고 해도 좋았다. 동혁이 소설을 읽는 밤이면 나도 그의 곁에서 책을 읽거나 노트북으로 영화를 보곤 했으니까. 나는 그 시간을 좋아했다. 각자 좋아하는 일을 하면서 함께 시간을 보내는 것이야말로 성숙한 부부의 즐거움이라고 생각하기도 했다. 다만 그날은 동혁의 곁에서 책을 펼치는 대신 방으로 들어갔고, 노트북 앞에 앉아서 민주에게 보낼 질문지를 작성하기 시작했다. 정현과 알게 된 계기, 처음으로 호감을 느낀 순간, 첫 데이트에 대한 질문들이 계속해서 떠올랐다. 질문지가 완성되어 거실로 나갔을 때는 자정이 넘어 날이 바뀌어 있었다. 나는 여전히 소파에 드러누워 미스터리 소설을 읽고 있는 동혁을 바라보며 새로운 소설을 쓰게 됐다고 말했다. 이제 막 첫발을 뗀 것 같다고.

"이번엔 어떤 소설이야?"

동혁은 책을 덮고 몸을 일으키며 물었다.

"연애 소설."

"그래? 내 얘긴 맘대로 써."

동혁은 그렇게 말하고는 킬킬댔다. 동혁의 이야기라면 쓰지 않을 거면서도 나는 고맙다고 대답했다.

2

일주일이 지난 뒤, 민주는 역시 한 시간 반을 운전해 우리 집으로 왔다. 정현과 만나기 시작할 무렵의 일들을 말해주기 위해서였다. 인터뷰에 필요한 질문 리스트는 미리 이메일로 보내놓은 터라 인터뷰 당일에는 내가 할 일이 많지 않았다. 사실 나는 그 작업이 그리 어렵지 않으리라고 생각했다. 민주는 제법 오랫동안 스스로에 대해 함구해왔고 자신의 이야기를 털어놓으려고 일부러 나를 찾아왔으니까, 당연히 수다스럽게 정현과의 일들을 말할 거라고 짐작했던 것이다. 완전히 틀린 생각이었다. 우리 집 식탁에서 나와 마주 앉은 민주는 정현과의 첫 만남에 대해 말하기 시작했는데, 놀라울 만큼 간결하고 객관적인 서술이었다. 그날 민주가 한 이야기는 이랬다. 민주와 정현은 레즈비언 데이트 애플리케이션으로 서로를 알게 됐는데, 정현이 먼저 민주에게 메시지를 보냈다. 두 사람은 이 주쯤 메시지를 주고받다가 어느 주말에 직접 만나 영화를 보기로 했고, 첫 데이트로 신사동 롯데시네마에서 「캐롤」을 관람했다. 영화를 본 뒤에는 영화관 인근의 스타벅스에 가서 아이스라테를 마셨는데……. 나는 거기까지 듣고는 민주의 이야기를 중단시켰다. 중요한 건 그날 있었던 일들이 아니라 그날의 기분이나, 정현과 함께 있으며 느낀 감정들, 미묘한 파동들이라고 나는 설명했다. 그리고 조금 더 구체적인 질문으로 넘어갔다.

"그날 정현 씨는 어떤 옷 입었어?"

"하늘색 남방에 청바지. 브랜드는 모르겠어."

"그게 너는 마음에 들었어?"

"어, 나는 그냥 좋았어."

나는 왜 민주가 자신의 이야기를 직접 쓰지 않고 내게 대필을 부탁했는지를 알 수 있었다. 그날의 인터뷰는 엉망으로 끝났다. 나는 민주가 떠난 식탁에 앉아서 고민에 빠졌다. 민주는 소설에 필요한 당시의 상황이나 감정을 자세하게 말하지 못했다. 만약 내가 없는 공간에서 민주 혼자 글을 쓴다면 자신의 기억을 더 섬세히 돌아볼 수 있을까? 그러나 민주는 그 방법을 시도해보고, 그렇게 하기 어려웠으므로 나를 찾았을 것이다. 민주의 말에 기대지 않고 내가 직접 민주의 이야기에 살을 붙이는 방법도 생각해보았는데, 이 작업의 궁극적인 의미를 생각하면 좋은 아이디어 같지는 않았다. 민주는 자신이 체험한 일을 한 편의 소설로 간직하고 싶은 거니까. 더구나 민주와 나는 처지가 너무 달라서 그렇게 하기도 어려웠다. 나는 동혁과 법적으로 맺어져 있었고, 우리를 아는 모든 사람들이 그 사실을 알았으며, 알게 모르게 이런저런 혜택을 받고 자유를 누렸다. 나는 민주의 부탁을 그만 반려해야 할까 생각하다가 그때쯤 기숙사에서 저녁 시간을 보내고 있을 동혁에게 전화를 걸었다. 동혁은 곧바로 전화를 받았다.

"그러니까, 지난주에 만난 친구가 소설 대필을 의뢰했다는 거네."

대강의 설명을 들은 동혁이 말했다. 수화기 너머로 개구리와 풀벌레들이 우는 소리가 들려서 동혁이 멀리 있다는 사실이 실감 났다.

"그런 셈이지."

"근데 뭘 쓸지 말을 안 해준다고? 어색해서 그런가?"

"그냥. 사정이 좀 있어."

나는 그렇게만 대답했다. 개구리와 벌레들이 우는 소리가 점점 더 크게 들렸는데, 아마 동혁이 침대에서 일어나 창가 쪽으로 다가선 것 같았다.

"그럼 이렇게 해. 그냥 같이 술을 한잔해."

동혁은 아주 쉽다는 듯 말했다.

"그렇게 간단한 문제는 아닌데."

나는 그렇게 대답했지만 다른 해결책이 없었으므로 동혁의 제안대로 해보기로 했다. 정 안 되면 능력 밖의 일이라고 생각하라는 동혁의 말이 조금은 위로가 됐다.

돌아오는 금요일 저녁에 나는 와인을 한 병 사 들고 민주의 집으로 갔다. 민주는 종로의 오피스텔에 산다고 했는데, 우리 집에서는 시외버스를 타고 두 시간 넘게 가야 하는 거리였다. 그래도 한 번만 환승하면 됐으니 그럭저럭 갈 만했다. 오피스텔 건물은 대로변에 있었고 규모가 제법 컸다. 1층에는 카페와 동물병원, 편의점, 그리고 베스킨라빈스가 있었는데, 나는 편의점에서 치즈를 사고 베스킨라빈스에서 세 가지 맛이 담긴 파인트 사이즈 아이스크림을 한 통 포장해서 엘리베이터를 탔다. 민주의 집은 깨끗하고 화사한 공간이었다. 실내에 라벤더 향이 감도는 것이며, 벽지와 가구가 흰색으로 통일된 미니멀 인테리어도 좋았지만, 무엇보다 현관을 열자마자 정면에 보이는 넓은 창이 상쾌했다. 창 바로 아래로는 흰색 목재 테이블과 베이지색 패브릭 소파가 놓여 있었다. 우리는 소파에 나란히 앉아서

아직 환하기만 한 저녁 하늘과 정체가 한창인 도로를 내다
봤다. 민주가 잔에 와인을 채웠다. 우리는 건배했다.

"뷰 진짜 좋다."

"여기 살아서 좋은 게 그거 하나야."

민주는 심상하게 말하며 와인을 홀짝였다. 그러고는 창
밖을 손으로 가리켰다.

"저쪽 아파트 단지는 집값 엄청 올랐거든. 여긴 그대로
야."

나는 민주가 저쪽이라고 말한 곳을 바라보며 고개를 끄
덕였다. 한 해 사이 수도권의 아파트값이 무섭게 치솟았다.
동혁과 나는 결혼을 준비하면서 무리하게 대출을 받아 아
파트를 샀는데, 요즘에는 그렇게 한 것을 무척 다행스럽게
여겼다. 만약 선택을 망설였다면 내 집 마련은 평생 요원
했을 거라고 우리는 말하곤 했다. 다만 그렇게 우리 동네
집값이 올랐다고 해도 거기는 경기도였고, 민주가 사는 서
울 중심가와는 집값을 포함한 모든 기준이 달랐다. 우리는
다시 잔을 부딪쳤다. 민주는 잔에 남아 있는 와인을 단숨
에 들이켜고는 기분 좋게 웃었다. 우리가 처음 만났던 날
그랬던 것처럼, 민주는 오랜만에 옛 친구를 만나 즐거워하
는 사람처럼 보였다. 인터뷰하던 날의 어색하게 굳은 태도
는 간데없었다.

"술 자주 마셔?"

나는 그렇게 말하며 민주의 잔에 와인을 따라 주었다. 와인병이 눈에 띄게 비어갔다.

"한동안은 자기 전에 꼭 한 잔씩 했는데, 이제 안 그래. 가끔 와인이나 맥주만 조금 마셔."

민주는 와인 잔을 빙글빙글 돌리며 말했다. 나는 잠을 이루기 위해 술을 찾는 민주가 떠올라 조금 쓸쓸한 기분이 됐다.

"나도 요즘엔 거의 안 마셔. 이제 자주 마시면 몸이 감당을 못 해."

민주는 정말 그렇다고 대답했고, 곧 우리는 삼십 대가 되고 나서 느끼는 몸의 변화에 대해 말했다. 이야기 끝에 민주는 지금은 혼자 사느냐고 물었는데, 그럴 거라고 확신하는 듯한 말투였다. 오해할 만도 했다. 우리 집 거실엔 결혼사진 한 장 없었으니까. 나는 그렇지 않다고 고개를 저었다.

"나 결혼했어. 주말부부라 혼자 사는 거랑 비슷하긴 한데."

"너 결혼했다고?"

민주는 놀란 얼굴로 물었다. 그래도 집 안 여기저기에 동혁의 흔적이 있었을 텐데, 다시 생각했다. 사진은 없었지만 말 그대로 사진만 없었을 뿐이었다.

"응, 올해 초에. 소식 못 들었구나."

민주는 나를 바라보면서 고개를 갸웃거렸다.

"결혼은 생각도 못 했어. 사실 너한테 부탁한 것부터가…… 나는 네가 예전에 선유랑 사귄 줄 알았는데."

"선유?"

나는 선유라는 이름에 옛 기억을 떠올렸다. 선유라면 고등학교 동창 중 하나였는데, 그렇게 친했던 친구는 아니었다. 졸업한 뒤 연락을 주고받은 적도 없었다. 나는 선유와 그런 사이가 아니었다고, 어쩌다 그렇게 생각한 거냐고 민주에게 물었다. 그때만 해도 나는 이 상황을 재밌고 장난스럽게 여기고 있었다.

"그냥…… 그래 보였어."

민주는 그렇게 대답하고는 다시 와인 잔을 입으로 가져갔다. 나는 곧 민주가 품은 어떤 오해들을 이해했다. 그러니까 민주는 예전에 나를 레즈비언이라고 알고 있었고, 내 소설 속 주인공 역시 레즈비언이라고 생각했던 것 같았다. 신춘문예에 당선되었던 나의 등단작이자 유일한 발표작인 그 소설 속에는 동거 중인 연인이 등장했는데, 제법 많은 사람이 두 사람을 동성 커플로 읽곤 했다. 아마 민주도 그랬던 모양이었다. 나는 민주가 나의 등단작을 읽고 소설을 부탁하기로 마음을 굳혔다고 말했던 것을 떠올렸고, 이 오해가 제법 심상찮다는 것을 깨달았다. 만약 내가 이성애자이며 결혼한 상태인 것을 알았다면 민주는 내게 소설을 부탁하지 않았을 것이다. 민주는 내내 들고 있던 와인 잔을 탁자에 내려놓고 팔짱을 낀 채 해가 저무는 창밖 풍경을 내다보고 있었다. 그 모습이 내게는 낙심한 마음을 애써 감추려는 사람처럼 보였다. 우리는 다시 잔을 부딪쳤지만 조금 전의 유쾌한 기운은 사라져버린 뒤였다. 민주는 다급하게 와인을 마셨다. 어서 빨리 술병을 비워서 이 자리를 해치우려는 걸까 싶었다. 나는 민주에게서 시선을 돌리고 와인을 크게 한 모금 마셨다. 그리고 민주에게 무언가를 말해줘야겠다고 마음먹었다.

"근데 선유랑 정말 친해지고 싶었던 건 사실이야."

나는 그렇게 말하고 다시 와인을 홀짝였다. 조금씩 취기가 오르는 것이 느껴졌다.

"선유가 서태지를 엄청 좋아했잖아. 그때는 그게 정말 멋있어 보였어."

선유와 내가 서로를 알게 되었을 때 우리는 고등학교 3학년이었고, 그때는 이미 각자 어울리는 그룹이 정해져 있어서 아주 친해지지는 못했다. 처음 선유와 이야기를 나눈 것은 1학기가 끝나가는 여름쯤이라고 기억한다. 몇 번의 대화를 통해서 나는 선유가 서태지의 팬이라는 것과 가끔 서태지의 공연을 보러 성인인 다른 팬들과 어울린다는 사실을 알게 됐다. 그건 선유가 중학생 때부터 시작된 일로, 선유는 일 년에 두세 번씩 서태지의 단독 공연이나 록페스티벌에 갔고, 거기서 자신보다 나이가 훨씬 더 많은 친구들을 사귀어서 네이트온 메시지를 주고받았다. 그전까지 선유를 다소 내성적이고 소극적인, 그래서 나와 비슷한 부류의 사람이라고만 생각했던 내게 이 사실은 커다란 충격이었다. 학교생활이 세상의 전부였던 나와 달리 선유는 학교 밖에서 자신의 영역을 구축하고 있었던 거니까. 게다가 선유는 다른 아이들과 다르게 앞으로 어떤 직업을 갖느냐에 대해 무관심했는데, 이 사실 역시 내게는 무척이나 특별하게 여겨졌다. 선유의 꿈은 그저 음악을 듣는 것이었다. 그건 그때껏 들어본 꿈에 관한 이야기 중 가장 근사한 말이었다.

"나는 생산적인 일은 아무것도 하고 싶지 않아. 나는 그냥 향유하는 사람이 되고 싶어."

선유가 서울에 있는 대학에 가려는 이유도 거기 있었다. 자유롭게 음악을 즐기려면 현재로서는 대학생이라는 신분이 최선이라고 선유는 말했다. 당시 선유의 불만은 주말 저녁이면 홍대에서 열리곤 하는 인디밴드 공연을 보기 어렵다는 것이었다. 우리는 지하철이 놓이지 않은 경기도 외곽에 살았고, 홍대에 가려면 편도로만 두 시간 이상이 걸렸다. 자연히 선유는 서울 마포구에 있는 대학 진학을 꿈꿨다. 선유는 야간자율학습이 끝난 뒤에도 학교 인근의 독서실로 이동해 밤늦게까지 공부했는데 우리가 친해졌던 것도 그 덕분이었다. 우리는 같은 독서실을 다녔고, 어느 순간부터는 자연스레 학교에서 독서실까지 함께 걸어갔다. 가끔은 새벽 1, 2시쯤 독서실을 나서서 이상할 만큼 고요한 거리를 나란히 걷기도 했다.

"그러니까 내 나름대로 좋아했던 건 맞지. 그러니까 가까워졌던 것 같기도 하고."

"맞아, 둘이 갑자기 친해졌었잖아. 그랬구나."

민주는 와인을 홀짝이며 말했다. 표정은 조금 전보다 유해진 듯 보였는데, 마음이 다소 누그러든 것인지 피로하거나 취한 것인지 알 수 없었다.

"나는 왜 너네가 사귀는 줄 알았지."

"그때는 뭐 그럴 수 있지."

나는 그렇게 말했고, 민주도 고개를 끄덕거렸다. 돌이켜 생각해보면 우리의 모교에는 소도시에 있는 여학교 특유의, 상대적으로 동성애에 유한 분위기가 감돌았다. 그때는 유하다고 생각하지 못했지만 성인이 되어 경험한 다른 집단들을 떠올려보면 확실히 그랬다. 공개적으로 교내 연애를 하는 학생들이 드물게 있었는데, 그런다고 그 애들을 배척하거나 괴롭히는 일은 내가 아는 한 없었다. 몇몇 키크고 보이시한 여자애들에게 집중되었던 전교생의 관심을 생각하면 당연한 일이었다. 그 애들에 대한 열광에는 분명 섹슈얼한 면이 있었다. 밸런타인데이나 빼빼로데이마다 이들의 사물함이 가득 찼던 것이며, 이들이 농구 골대 앞에서 공을 던질 때마다 운동장 한구석에서 터져 나오던 환호 같은 것들을 떠올리면 도저히 그렇지 않다고 생각할 수가 없었다. 민주와 나는 그 시절 학교를 휩쓸었던 몇몇 스캔들과 커플들에 대해서 이야기했다. 민주는 술에 취해 얼굴이 붉어진 채 아이돌 가수를 닮은 것으로 유명했던, 전교생에게 아낌없는 사랑을 받았던 친구가 벌써 결혼해 아이가 둘이라며 웃었다.

"근데 선유가 록페스티벌 같은 데 다녔다니 놀랍네."

웃음을 멈춘 민주가 덧붙였다. 우리는 와인 한 병을 다비우고 민주의 냉장고에서 맥주를 꺼내 마시고 있었다. 나는 다음 날의 숙취가 걱정되면서도 민주와의 대화가 마냥 즐거워서 자리를 파하고 싶지 않았다. 그런 기분은 아주 오랜만이었다. 인터뷰는 잊은 지 오래였고, 동혁에게서 연락이 왔는지는 확인하지도 않았다. 마침내 민주네에 있던 술을 몽땅 털어낸 우리는 마지막으로 맥주를 딱 한 캔씩만 더 마시기로 하고 오피스텔 건물 1층으로 내려갔다. 편의점은 넓었고, 밤이 늦었는데도 우리처럼 맥주를 사러 나온 사람들이 냉장 코너 앞을 서성이고 있었다. 그들 뒤에서 순서를 기다리던 민주는 차라리 와인을 더 마시지 않겠냐고 내게 물었다. 아까 내가 가져온 아이스크림을 잊고 있었다고, 와인과 함께 먹으면 잘 어울릴 것 같다고. 우리는 비틀대면서 냉장 코너를 지나쳐 와인 진열대로 걸어갔고, 나는 그 와중에 크래커 한 봉지와 소분 포장된 초콜릿을 한 움큼 집었다. 민주는 진열된 와인병을 하나씩 집어 들고는 꼼꼼히 라벨을 읽었는데, 그때 나는 문득 학창 시절 와인을 마시려고 작당했던 일을 떠올렸다.

3

　나와 선유가 와인을 마시기로 약속했던 것은 9월 모의고사가 끝난 이후, 그리고 추석 연휴가 닥치기 전의 어느 날이었다. 우리는 선유네에서 함께 연휴를 보내기로 계획하고 있었다. 명절 때면 친척들이 몰려와 집이 복작댄다고 내가 투덜거리자, 선유는 연휴 동안 가족들이 모두 해남으

당신이 모르는 이야기　　　　　　　　　　　　　　25

로 내려가 집이 빈다고, 괜찮다면 자기네 집에서 공부하자고 선뜻 제안했다. 물론 나는 덥석 받아들였다. 그 뒤로 며칠 동안, 우리는 학교와 독서실을 오가며 연휴 때 할 일에 대해 이야기했다. 당연히 공부를 해야겠지만 다른 일들도 할 수 있었다. 우리는 선유가 추천한 「헤드윅」이라는 영화를 함께 보기로 했다. 또 선유는 자신이 모은 수십 장의 음악 CD와 서태지 콘서트 DVD를 내게 보여줄 것이었다. 우리는 함께 술을 마실 것이었고, 어쩌면 그러다가 조금 취할지도 몰랐다.

술을 마시자는 이야기는 내가 먼저 꺼낸 것이었다. 우리 집 싱크대 서랍장에는 어른들이 마시다가 삼분의 이쯤 남겨 놓은 와인이 있었는데, 선유가 추석 연휴를 함께 보내자고 말한 즉시 나는 그것을 떠올렸다. 어떻게 술을 훔칠지도 미리 생각해놓았다. 먼저 생수병에 와인을 따르고 병이 빈 만큼 생수와 포도주스로 벌충하면 된다고 말이다. 선유 역시 와인을 마시는 일에 대해 기대하고 있었다. 와인을 마시면서 음악을 듣자고 선유는 말했고, 나는 어디선가 본 것처럼 우리가 손잡이 부분이 가느다란 와인 잔을 맞부딪치는 것까지 상상했다. 그건 제법 어른스러운 일이었다. 특히 선유에게 어울리는 장면이었다.

기다리던 연휴의 첫날, 나는 계획한 대로 와인을 옮겨

담고 잠옷과 문제집 몇 권을 챙겨서 선유네로 걸어갔다. 덥지도 춥지도 않은 날이었다. 가을 햇살이 눈부셨고 걸음을 내디딜 때마다 배낭 속 물병에 담긴 와인이 찰랑거렸다. 수능이 채 두 달도 남지 않아 마음이 무척 심란하던 시기였는데도 그 순간에는 수능이니 9월 모의고사 점수니 하는 것이 생각나지 않았다. 나는 그저 선유네에서 보내는 시간을 상상하며 들떠 있었다. 고작 2박 3일이라는 짧은 시간이었고, 어쨌든 공부를 하러 가는 것이었는데도 그랬다. 그러나 선유네 집에 들어섰을 때 나는 선유가 나와 같은 마음이 아니라는 것을 직감했다. 선유는 야자시간에 늘 그러듯이 학교 체육복을 입고 있었고 긴 머리를 한 갈래로 묶고 있었는데 한눈에 봐도 머리를 감지 않은 것이 티가 날 만큼 머리카락이 떡이 져 있었다. 선유는 나를 보더니 배가 고프냐고 물었다. 곧 우리는 선유네의 널찍한 나무 식탁에 마주 앉아서 라면을 먹었다. 선유가 끓인 라면은 너무 싱거웠고, 선유가 냉장고에서 꺼내 온 김치는 쉬어서 냄새가 풍겼다. 우리가 함께 보기로 했던 영화나 내게 보여주기로 했던 이런저런 물건들을 선유는 다 잊어버린 듯했다. 아니면 2박 3일을 함께 보낼 테니 시간이 많다고 생각했거나. 우리는 라면을 먹은 식탁에 그대로 앉아서 문제집을 펼치고 공부했다. 시간은 더디게 흘렀다.

그때까지 나는 선유가 나에게 약간의 거리를 두고 있다고 생각했다. 선유에게는 나보다 먼저 친해진, 하나의 그룹을 이룬 친구들이 있었는데, 선유는 그 친구들과 함께 급식을 먹고 매점에 몰려갔으며 야자시간이 되기 전에는 어둑해진 운동장을 무리 지어 빙 돌았다. 나 역시 가장 친한 친구들과 그렇게 했다. 그러나 선유는 자신의 꿈과 취향에 대해서는 오직 나에게만 말해주었다. 자신의 꿈과 서태지와 좋아하는 몇몇 밴드에 대해 나에게 처음 말했을 때, 선유는 조금은 들뜬 얼굴로 다른 친구들은 이런 사실을 전혀 모른다고 강조했다. 나는 그 말을 우리의 관계가 다른 아이들과는 조금 다를 수 있다는 암시로 받아들였다. 생각해보면 선유와의 대화는 언제나 현실감 없이 붕 떠 있었다. 선유와 이야기할 때, 나는 다른 친구들과 있을 때처럼 모의고사 성적을 얘기하거나 같은 반 아이들을 뒷담화하지 않았다. 대신 오늘은 어떤 음악을 들었냐고 묻거나, 선유가 추천한 밴드의 음악을 들어봤다며 감상을 털어놓았다. 그렇지 않으면 앞으로 가보고 싶은 곳이나 하고 싶은 일에 대해서 자유롭게 얘기하기도 했다. 선유는 언젠가 일 년 내내 음악 페스티벌이 열리는 유럽의 어느 섬에서 여름을 보내고 싶다고, LP바에 앉아 밤새도록 오래된 음악을 듣고 싶다고 말했다. 그 얘기를 듣기 전까지 그런 공간이 존재하는지조차 알지 못했지만, 나는 선유의 소망에 아낌없는 격려를 보냈다. 내심으로는 그곳에 내가 함께 있을지도 모른다고 기대하기도 했다. 반대로 내가 무엇을 말했는지는 기억나지 않는다. 그다지 특별한 내용은 아니었을 것이다.

저녁 시간이 되자 선유는 저녁으로 피자를 먹으면 어떻겠냐고 물었다. 우리는 포테이토피자를 한 판 주문했고, 피자가 도착하자 약속한 대로 「헤드윅」을 틀었다. 그리고 와인을 물컵에 따라 홀짝거리며 피자를 먹기 시작했다. 선유의 극찬과 달리, 내게 「헤드윅」은 이해하기 힘든 영화였다. 헤드윅이 왜 저렇게 멍청한 선택을 계속 하는지, 왜 비열한 남자를 따라서 미국에 가고 거기서 또 멍청한 남자를 사랑하게 되는지 이해할 수 없었다. 나는 속으로 헤드윅을 사사건건 비아냥댔고, 한편으로는 절대로 헤드윅처럼 살지 않을 거라고 다짐했다. 아무도 사랑하지 않고 아무와도 결혼하지 않을 거라고, 저렇게 우스운 사람이 되지는 않을 거라고 말이다.

"근데, 이거 썩은 것 같아."

선유가 그렇게 말한 것은 헤드윅이 멍청한 남자에게 버림받은 직후였다. 와인에서는 시큼하고 달달한 냄새가 풍겼는데, 선유는 이를 의심스럽게 생각한 것 같았다. 그때까지 우리는 와인을 맛본 적이 없었고 발효주에서 어떤 향이 나는지 전혀 몰랐다. 선유는 물컵에 담긴 와인을 흔들어 작은 파도를 만들면서, 내용물이 상해버린 것 같다고 한 번 더 중얼거렸다. 나는 그렇다면 와인을 그만 마시자고 대답했다. 진짜 술이 상했다고 생각해서가 아니라 더 이상 선유와 술을 마실 기분이 아니었기 때문이다. 그러나 선유가 정말 싱크대로 다가가 와인을 따라 버리자 조금 놀랐다. 그 뒤로는 잘 기억이 나지 않는데, 아마도 선유와 약간의 실랑이를 벌인 끝에 와인을 버리지 않고 마셨던 것 같다. 물론 영화도 계속 봤다. 그리고 점차 술에 취하기 시작했는데, 헤드윅이 비열하고 멍청한 남자들을 잊고 마침내 자유롭게 노래를 부를 때에는 생애 처음으로 알코올 때문에 몽롱한 상태가 되어 있었다. 그 몽롱함 속에서, 나는 선유가 나를 좋아하지 않는다는 사실을 명징하게 깨달았다. 내가 선유에게 동요했던 것과 달리 선유는 나를 특별하게 생각하지 않았다. 선유는 그저 자신의 취향과 미래에 대해 말할 수 있는, 그걸 민망하지 않게 받아들여 줄 사람이 필요했던 것뿐이었다. 다음 날 선유와 나는 예정했던 것처럼 이런저런 일들을 했지만, 나는 거기에 특별한 의미를 부여하지 않았다. 그날 이후로 선유와는 서서히 멀어졌다. 고등학교를 졸업한 이후로 나는 선유를 완전히 잊고 지냈다. 민주의 오해처럼 우리는 연인 사이였던 적이 없었다. 그때까지 나는 내가 선유를 좋아했다고도 생각하지 않았다. 나는 여자에게 성적으로 끌린 적이 단 한 번도 없었다고 생각했다. 나에겐 확고한 남성 이상형이 있었다. 눈빛이 깊고 따뜻하며 목소리가 저음인 다정한 남자. 그건 대학교 1학년 때 사귀었던 연상의 남자 친구에게서 생겨난 이미지로, 민주가 여성으로 오해했던 나의 등단작 속 인물은 바로 그 사람을 모델로 한 것이었다. 나는 술자리에서 첫사랑에 대한 이야기가 나오면 늘 그를 이야기했다.

그러나 민주의 집에서 나와 택시를 탔을 때, 조금씩 정신이 또렷해지며 차창 너머로 어둡고 텅 빈 밤거리를 바라보았을 때, 선유네로 향하던 순간의 가슴 벅찬 기분과 가로등 불빛 아래서 반짝거리던 선유의 두 눈을 나는 기억해냈다. 만약 그날 선유가 옷을 잘 차려입고 나를 맞았다면, 와인을 싱크대에 부어버리지 않았다면, 그날 우리가 무슨 일을 했을지를 상상했다. 그날 선유가 내게 무엇을 요구했든 나는 그것을 받아들였을 것이다. 나는 그 가능성을 처음으로 생각해봤다.

4

민주는 그날 이후로 며칠 동안 내 연락을 피했다. 그날
의 즐거운 분위기를 생각하면 이해가 가지 않다가도, 굳어
진 표정으로 창밖을 응시하던 민주를 생각하면 그럭저럭
수긍이 되기도 했다. 그날로부터 열흘이 넘는 시간이 지나
서야 민주는 내게 문자메시지를 보냈다. 민주는 나의 계좌
번호를 물었다. 소설 쓰기는 그만두더라도 작업 비용은 일
부나마 전하고 싶다는 것이었다. 나는 그럴 필요는 없다고
답장했고, 우리는 한동안 그 주제를 두고 옥신각신했다. 이
야기 끝에 민주가 작업 비용을 대신해 술을 사는 것으로
합의가 되었는데, 코로나 바이러스가 다시금 유행하며 약
속을 정하기가 애매해졌다. 사회적 거리두기 기간이 연장
되면서 우리의 만남은 기약 없이 뒤로 밀려났다. 그리고
민주를 만날 수 없던 그 시간 동안, 나는 민주가 제공한 간
단한 사실들을 바탕으로 소설을 쓰기 시작했다. 갑작스레
연인을 잃고 어디에도 감정을 호소할 수 없게 된 레즈비
언의 이야기였는데, 정확히 말하자면 민주의 이야기는 아
니었다. 민주와 비슷한 처지에 놓인 다른 인물의 이야기였
다. 나는 주인공의 죽은 연인 역시 내 멋대로 만들었다. 그
는 서른세 살인 주인공보다 나이가 한참 어린 대학생이다.

그는 가부장적인 부모 아래서 자라 자신의 성 지향성을 인정하는 데에 어려움을 겪는데, 그런 압박감을 해소하기 위해 록 음악을 듣고 미스터리 소설을 읽는다. 어느 날 주인공은 처음으로 연인의 집에 초대를 받는다. 그의 부모님이 집을 비운 덕분이다. 주인공은 기대에 부풀어 연인의 집에 도착하지만, 주인공을 반기는 것은 지저분하고 추레한 모습의 연인이다. 주인공은 불편하고 어색한 시간을 보내고 실망한 채 연인의 집을 나선다. 그리고 그날에 대해서 연인과 다시 이야기할 시간도 없이, 연인은 갑작스러운 사고로 세상을 떠나버린다. 주인공은 사랑하는 이의 죽음에 슬픔을 느끼는 동시에 그날의 일에 대해 아무에게도 호소하지 못한 채 혼자서 생각에 생각을 거듭한다…….

민주에게 전하지 못한 질문지를 다시 훑으면서 나는 민주가 자신의 체험을 소설로 옮기려고 했던 이유에 대해 골똘히 생각했고, 그건 어쨌든 사랑의 증거를 갖고 싶었기 때문일 거라고 내 나름의 답을 내렸다. 그러고는 민주와 비슷한 고민을 하는 사람의 이야기를 조악한 소설로나마 써본 것이었다. 나는 그 소설을 완성시키자마자 민주에게 이메일을 보냈다. 그건 민주가 겪은 일은 아닐 테지만 어쨌든 그 소설이 민주에게 위로가 될 수 있다고 생각했다. 무엇보다 민주의 반응이 무척 궁금했다. 민주는 거의 곧바로 메일을 확인했고, 몇 시간 뒤에 답장을 보내주었다. 민주는 이 소설을 읽을 수 있어서 기쁘다고, 자신에게 큰 도움이 됐다고 말했다. 그러고는 메일 끄트머리에 마치 깜빡하고 무언가를 빠뜨렸다는 듯, 사실 정현은 죽지 않았다고 덧붙였다. 정현이 갑자기 잠적한 다음 차라리 그가 죽은 것이기를 바랐을 뿐이라고, 정현은 자신을 떠났을 뿐 잘 살고 있을 거라고 말이다. 나는 메일을 읽은 즉시 민주에게 전화를 걸었지만 민주는 받지 않았다.

민주에 대해 생각하면 소름이 끼쳤다가 안쓰럽다는 감정이 들었다가 다시 무서워졌고, 최종적으로는 궁금하다는 마음이 생겨났다. 나는 민주를 만나서 자세한 사정을 듣고 싶었다. 정현과는 어떤 관계였으며, 정현이 왜 갑자기 연락을 끊었다고 생각하는지, 그리고 어쩌다 정현을 죽은 사람으로 만들려고 했는지. 사실 선유에 대해서도 그랬다. 민주가 기억하는 선유가 나는 궁금했다. 그 시절의 나와 선유가 민주에게 어떻게 보였는지도. 그러나 민주와 더는 이 모든 이야기를 나눌 수 없었고, 그 사실이 가끔은 나를 무척 외롭게 했다. 그때까지 나는 동혁과 온갖 것들을 터놓고 지냈다. 동혁은 나의 가족과 친구들, 결혼 전에 만났던 연인들에 대해 빠짐없이 알고 있었다. 그러나 선유나 선유에게 느꼈던 감정을 동혁에게 말할 수는 없었다. 오히려 동혁이 선유에 관해 알게 될까 봐 끔찍하게 두려웠다. 그건 그때까지 한 번도 느껴보지 못한 두려움이었다. 나는 그런 감정까지도 민주에게 말하고 싶었다. 민주에게는 끝내 연락이 닿지 않았다.

가끔은 민주가 이 세계에서 완전히 사라져버린 것이 아닐까 생각한다. 그러면 갑작스러운 연락을 받고 민주를 만났던 일이며 마주 앉아 나누었던 이야기 전부가 잠깐의 꿈처럼 느껴진다. 그러나 나는 민주를 기억했고, 또 민주에게 하고 싶은 말이 많았으므로 계속 소설을 썼다. 다만 그럴수록 내가 쓴 소설들은 민주에게서 멀어져서, 결국에는 민주와 아무 상관없는 이야기가 되어버리곤 했다.

●

이 인용 게임

이 인용 게임

『문학동네』 2020년 여름호/『소설 보다: 가을 2020』(문학과지성사, 2020) 수록작 지난해 가을, 노영의 어머니는 알츠하이머를 진단받은 뒤 요양원에서 남은 생을 보내겠다고 결정했다. 그건 노영과는 상의 없이 이루어진 일로, 노영은 나중에야 어머니의 병과 거취 문제에 대해 통보받았을 뿐이라고 들었다. 어째서 딸에겐 말도 없이 요양원으로 떠날 채비까지 마친 것인지는 자세히 듣지 못했다. 정신이 흐려지기 전에 혼자 힘으로 신변을 정리하고 싶은 심정이었겠거니 생각하고 말았다.

노영의 어머니가 입원한 요양원은 몇 해 전 노영의 아버지가 뇌졸중으로 쓰러졌을 때, 의식이 회복될 경우를 대비해 알아놓았던 곳이었다. 노영의 어머니는 알츠하이머 진단을 받은 당일에 그곳으로 전화를 걸었다. 다행히 요양원에는 아직 자리가 남아 있었고, 비용도 크게 오르지 않았

다고 했다. 대강의 주변 정리를 마친 그는 딸에게 자신을
요양원으로 데려다 달라고 부탁했다. 노영이 어머니를 차
에 태워 요양원을 찾아갔다. 나중에 노영은 그곳이 조그
만 아파트 단지 같았다고 말해주었다. 요양원이란 정확하
게는 요양병원과 다른 곳이어서, 분위기가 병원 같지 않으
며 요양보호사들은 유니폼으로 티셔츠를 입는다고도 했
다. 그날 노영의 어머니는 입원을 신청하는 서류를 작성했
다. 노영이 동의서에 서명했다. 그것 이외에 노영이 할 일
은 거의 없었다. 그전에 어머니가 대부분의 준비를 해놓았
다. 모아뒀던 돈에 남편의 사망보험금을 보태 요양원에서
지낼 비용을 마련했고, 보험금 수령을 도와주었던 법무사
에게 연락해 혼자 살던 아파트의 명의를 노영 앞으로 바꿔
놓았다. 심심풀이로 기르던 열대어 몇 마리는 가까이 지내
던 이웃에게 어항째 넘겨줬다. 그런 철저한 태도 속에, 어
쩌면 딸에게 의지하고 싶은 마음이 있었던 것 아니냐고 내
가 묻자 노영은 고개를 저었다. 대림에서 만나 훠궈를 먹
던 날이었다.

"뭐든 다 제멋대로 해야 속이 풀리는 사람이니까."

노영은 맥주가 담긴 잔에다 소주를 부으면서 말했다. 그
즈음 우리는 두어 달에 한 번씩 만나 훠궈처럼 혼자 먹기
어려운 음식을 함께 먹었다.

"하여간 난 좋아. 엄마랑 더 부딪힐 일도 없고."

맥주와 소주를 섞은 잔을 단숨에 들이켠 뒤 노영은 그렇게 덧붙였다. 그리고 탁자 위로 고개를 떨어뜨린 채 졸기 시작했다. 잠든 노영을 두고 냄비 바닥에 눌어붙은 당면을 떼어 먹으면서, 나는 한 번도 보지 못한 노영의 어머니에 대해 생각했다. 노영은 어느 시기부터 제 어머니에 대해 자주 말했는데 그때마다 내 머릿속에선 깐깐하고 냉정한 노부인이 떠오르곤 했다. 그날 나는 중식당 천장에 달린 연등을 올려다보며 노영의 어머니를 한 번쯤 만나보고 싶다고 생각했다.

남은 가을 동안에는 노영도 나도 바빠져 더 만나지 못했다. 노영은 회사 일로 중국 파견이 예정되면서 주말마다 중국어를 배우러 다녔다. 토요일에는 학원에 나가 수업을 듣고 일요일에는 원어민 선생님과 회화 연습을 한다고 했다. 나는 직장 일로 바빠져서 주말 없는 나날을 보냈다. 구제역이 유행하기 시작하며 회사에는 비상등이 켜진 터였다. 전염병으로 가축을 잃은 축산업자들이 한꺼번에 보험금을 청구했는데, 이들의 피해를 확인할 인력이 부족했다. 서울에서 근무하는 직원들도 지방 업무를 거들라는 본사의 지시가 떨어졌다. 나는 경기 북부로 임시 배치를 받아 그 일대를 돌아다녔다. 가서 하는 일이란 주로 죽은 가축의 숫자를 헤아리는 것이었다. 가을은 더디게 흘러갔다. 노영을 다시 만나게 된 건 그렇게 가을이 다 지나고 겨울이되어 패딩이나 코트를 꺼내 입기 시작할 무렵이었다. 노영이 내게 전화를 걸어 할 말이 있다고 했다. 우리는 광화문에서 만나 일본식 곱창전골을 먹었다. 큼직한 테이블을 앞에 두고 옆으로 나란히 앉았는데, 의자도 몸에 맞지 않게 커서 그네를 타는 것처럼 발이 들렸다. 나는 직원이 일러준 대로 국물에 떠오른 기름을 국자로 건져 냈다. 여러 번떠냈는데도 국물 위로 기름이 우러나왔다.

"그래, 할 말이 뭔데?"

나는 술을 주문하기 전에 물었다. 노영의 대답에 따라주종을 정할 작정이었다. 노영은 요양원에 계신 어머니 소식부터 전했다. 그사이 노영의 어머니는 상태가 나빠져서, 요즘에는 보호사들에게 말도 안 되는 트집을 잡아 신경질을 부린다고 했다. 식당에서 식판을 엎어 하마터면 크게다칠 뻔했다는 얘기까지 듣고 나서 나는 화요를 주문했다.

"내가 안 찾아가면 더 난리가 난다니까, 그게 문제지 뭐."

노영은 끓어오르는 냄비를 바라보며 중얼거렸다. 그러다가 조그만 그릇에 건져둔 기름을 젓가락으로 마구 휘저었는데, 화요를 가져다준 직원이 그 모습을 잠깐 동안 바라보다 돌아갔다. 노영이 둔탁한 소리를 내며 기름이 들러붙은 젓가락을 테이블에 내려놓았다.

"근데 오늘 보자고 한 건 그것 때문이 아니야."

언젠가 내게 어설픈 청혼을 하던 노영의 모습이 떠올라서 나는 고개를 흔들었다. 노영은 남은 말을 미룬 채 술잔을 채우더니, 술을 들이켠 다음에야 말을 이었다.

"너 줄리아 기억나? 그 사람이 메일을 보냈어. 패트릭 일기장을 돌려달라고 말이야. 혹시 네가 가지고 있어?"

나는 뜻밖의 이야기에 멍해졌다가 곧 줄리아라는 이름을 기억 속에서 *끄집어냈다*. 줄리아라면 물론 기억했다. 아들인 패트릭도 생각이 났다. 다만 옛 기억이 되살아났을 뿐 패트릭의 물건은 없었다. 나는 고개를 저었다.

"그냥 잃어버린 건 아니지?"

"기억 안 나. 옛날 일이잖아."

나는 노영의 접시에 부추와 곱창을 덜어준 다음 내 앞의 접시에도 건더기를 떠왔다. 그러는 내내 노영은 나의 옆얼굴을 바라보더니, 나중에는 알겠다는 듯 고개를 끄덕거렸다. 그날 우리는 막차 시간이 될 때까지 술을 마시다가 문 닫힌 건물 앞에서 담배를 피웠다. 평소에는 입에 대지 않는 담배를 술에 취하면 찾곤 하는 것이 노영과 나의 공통점이었다. 우리는 한 갑을 사서 한 개비씩 피운 뒤 남은 것을 닫힌 셔터 앞에 두고 일어섰다. 전철을 타기 전에 노영은 자주 좀 봐, 하고 불만인지 부탁인지 알 수 없는 말을 했다. 마천행 막차가 떠난 광화문역 플랫폼은 거의 텅 비어서, 자판기에서 흘러나오는 백색소음이 들릴 정도로 고요해졌다. 나는 자판기 속 음료수 이름을 읽으며 시간을 보냈다. 그러다 문득 노영이 나를 부르는 소리가 들린 것 같아 뒤돌아봤는데, 당연히 노영은 없었다. 나 말고 전철을 기다리는 사람이라곤 서류 가방을 들고 멀찍이 서 있던 장년의 남자 한 명뿐이었다. 나는 플랫폼 한가운데 있는 네모난 기둥을 돌며 노영이 없다는 사실을 재차 확인했지만, 어디선가 노영이 나를 지켜보고 있다는 감각은 사라지지 않았다. 전철을 타고서도 그랬고, 집에 돌아와서도 그랬다. 반대로 한 달 뒤면 노영이 한국을 떠나 중국 칭다오에 있을 거란 사실은 실감하기 어려웠다. 노영은 거기서 반년쯤 근무할 예정이라고 했다.

노영과는 호주에서 유학하던 시절에 알게 되었지만, 본격적으로 연애를 시작하고 끝낸 것은 모두 한국에서였다. 요즘에는 그렇게 연인으로 지냈던 시절을 재미 삼아 중세 시대라고 부르곤 한다. 노영이 붙인 말이다.

"암흑기란 뜻이지. 지금이 훨씬 좋잖아."

우리는 헤어진 이후 일 년 정도 연락하지 않다가 별다른 이유 없이 다시 연락을 주고받기 시작했고, 가끔은 만나서 술을 마셨다. 이제는 그렇게 지낸 시간이 연인으로 함께한 시간보다 길어졌다. 우리가 처음 만났을 때, 노영은 패트릭의 일기장이 든 배낭을 술집 바닥에 부려놓고서 바 앞의 높다란 의자에 앉아 있었다. 내가 노영과 조금 떨어져서, 아마도 사이에 의자를 두 개나 세 개쯤 두고 바의 끄트머리 자리에 앉자 노영이 내 쪽으로 다가와서 말을 걸었다. 정확히 기억나지는 않지만 한국 사람이 아니냐는 질문이었을 것이다. 그때 노영은 주황색으로 물들인 단발머리를 하고, 양쪽 귀에는 둥글고 납작한 귀걸이를 걸고 있었다. 노영이 고개를 움직이면 금속 재질의 귀걸이가 그곳의 노르스름한 조명을 반사하며 반짝거렸다. 그 모습을 지금도 또렷이 기억하고 있는 건 그 순간 노영에게 반해서가 아니었다. 그건 나중에 일어난 일이었고, 당시에는 그저 여자가 내게 말을 걸어왔다는 상황에 취해 그 순간을 두고두고 곱씹겠다고 다짐했을 뿐이었다. 그날 우리는 나란히 앉아 한국인을 만나게 되어 반갑다는 인사를 했다. 내가 당황해서 '동포'라는 단어를 입에 올리자 노영이 웃음을 터뜨렸다. 그렇게 해서 분위기가 좀 풀어졌던 것 같다. 돌이켜 보면 그때 노영에게는 며칠 지낼 곳이 필요했으니, 때마침 만만

해 보이는 한국인 남자를 발견하고 의도적으로 접근했는지도 몰랐다. 그러나 그 순간에 나는 그렇게 판단하지 않았다. 지금도 마찬가지다. 모국어로 제 이야기를 털어놓을 수 있어서, 내가 그 이야기를 듣고도 비난하지 않아서 노영은 기뻤을 것이다.

그날 노영은 하숙집에서 주인집 아들의 일기장을 몰래 가져왔다고 털어놓았다. 처음 보는 사람에게 할 법한 이야기가 아니었지만 노영은 아무렇지 않게 말했고, 나 역시 별다른 불편함을 느끼지는 못했던 것 같다. 오히려 얘기를 듣다 보니 '007시리즈'가 생각난다며 장난삼아 마티니를 주문했던 기억이 난다. 그날 우리는 여러 종류의 술을 취할 때까지 마셨다.

"그 아줌마가 나한테 먼저 사기를 쳤다니까."

노영은 붉어진 얼굴로 그 비슷한 말을 몇 번이나 반복했다. 줄리아는 노영이 며칠간 머물렀던 하숙집의 주인으로, 노영은 호주에 오기 전에 줄리아가 세놓은 방을 계약한 뒤 보증금까지 송금해놓았다고 했다. 홈스테이를 운영하는 다른 가정들보다 집세가 저렴한 데다 전철역이며 한인 마트가 모두 지척에 있는 훌륭한 조건 때문이었다. 그러나 막상 워킹홀리데이 비자를 받아 호주에 도착했을 때에는 예상 밖의 문제들이 노영을 기다리고 있었다. 줄리아는 계약서에 명시되지 않았던 관리비를 추가로 요구했다. 월세의 삼분의 일 정도 되는 만만찮은 비용이었다. 게다가 사진상으로 멀끔해 보이던 침대에는 빈대가 득실거려서 노영은 며칠 동안 방바닥에 패딩 점퍼를 깔고 잠을 자야 했다. 결국 노영은 환불을 요구했는데 줄리아는 그마저 거절했다.

"그럼 네 나라로 돌아가."

노영은 줄리아의 말을 그렇게 전했다.

"그럼 일기 말고 값나가는 걸 훔쳐 왔어야지."

내가 그렇게 말하자, 노영은 정말 귀한 것을 가져왔다고 대답하며 웃었다. 그게 패트릭의 일기였다. 우리는 술집에서 한참 떠들다가 내가 살던 조그만 아파트로 자리를 옮겼고, 그 뒤로 일주일 동안 함께 살면서 브리즈번 여기저기를 놀러 다녔다. 그리고 나서 노영은 양을 기르는 목장으로 떠났다. 패트릭의 일기장은 노영이 내 아파트에 두고 간 물건 중 하나였다. 나중에 나는 그걸 조금씩 읽어보았다. 전부 다 읽지는 않았던 것 같다. 그즈음 나에겐 다른 할 일이 많았다.

물론 그해 겨울에는 그렇지 않았다. 그 겨울에 나는 육년간 근속한 직장을 그만둔 터였다. 노영이 중국에 있는 동안 내가 대신 요양원에 가보면 어떻겠냐는 말도 그래서 할 수 있었다. 노영의 몇 안 되는 친구들이 전부 육아에 정신없는 시기라 알고 있었으므로 그 일을 할 수 있는 사람은 나뿐일 것 같았다. 다만 내가 찾아가는 것이 도움이 되는지가 문제라고 생각했는데, 노영은 어쩌면 자신이 가는 것보다 더 좋을 수도 있다는 이상한 소리를 했다.

"근데 우리 엄마 걱정을 나보다 더 하네."

노영은 그렇게 말하며 전화기 너머에서 웃음을 터뜨렸다. 그러고는 그렇게까지 하지 않아도 된다고 덧붙였다.

"나도 어디 효도할 데가 있어야지."

나는 농담을 했다. 사실이기도 했다. 나의 어머니는 오래전에 돌아가셨으니까. 아버지는 사별 이후 결혼식을 두 번 더 올렸다. 지금의 부인은 캄보디아 출신으로 나와 나이가 비슷하다. 아버지 댁에 들를 때면 그는 내게 인터넷으로 물건을 주문해달라고 부탁하곤 한다. 내가 노트북을 켜고 해외 식재료를 파는 사이트에 접속하면 그가 컵라면이나, 분말 카레, 피시 소스 같은 화면 속 물건을 손으로 짚어준다. 아마 곧 있으면 그도 한국어와 컴퓨터에 능숙해져 내가 필요 없지 싶다. 이런 사정을 알고 있는 친구는 노영뿐이다.

"내가 부럽단 얘기야?"

"아니, 그건 아니고."

우리는 그런 이야기를 하며 웃었다. 며칠 뒤 노영이 나를 자신의 차에 태워서 요양원에 데려다줬다. 따지고 보면 노영의 어머니는 나를 만난 기억을 금세 잃어버릴지도 모르기 때문에 굳이 먼저 인사를 드릴 필요는 없었다. 그러나 얼굴을 익히게 해주겠다는 핑계를 대고 노영은 그렇게 했다. 노영의 어머니와 첫 대면을 하면서 나는 그것이 일종의 시험이라는 것을 알았다.

노영의 어머니는 요양원 본관 로비에 나와 있었다. 지팡이를 잡은 채 허리를 꼿꼿이 세우고 앉은 자세며, 한 번씩 얼굴을 스쳐가는 엄격한 표정이 내가 상상했던 모습과 비슷했다. 우리를 먼저 발견한 직원이 노영의 어머니에게 다가가서 따님이 오셨다고 일러주자, 그는 자신도 눈이 있다며 쏘아붙였다. 그러고는 지팡이로 바닥을 짚어가며 노영 쪽으로 걸어왔다. 지팡이가 시멘트 바닥에 부딪히며 탁한 소리가 났고, 그 때문에 로비에 모여 앉아 텔레비전을 보고 있던 노인들이 눈을 흘겼지만 개의치 않는 것 같았다. 그는 현관 앞에 서 있는 노영에게 다가와서 딸의 손을 만지작댔다. 표정은 한결 풀어진 듯 보였으나 면회실로 가자거나 산책을 다녀오자는 노영의 말에는 반응이 없었다. 나는 잠시 물러서 있다가 노영의 어깨 너머로 인사를 했다.

노영의 어머니가 이번에는 내 쪽으로 다가와서 차갑고 뻣뻣한 손으로 내 뺨을 쓸었다. 그러면서 오는 길이 힘들지는 않았는지, 밥은 먹었는지 물었는데, 뭐라 대답을 할라치면 다른 질문을 던지는 식이어서 나는 그저 얼굴을 내준 채 가만히 있으면 됐다. 그의 표정은 어느새 완전히 온화해져서, 오랫동안 교직 생활을 한 그가 학생들을 어떻게 다루었을지 짐작이 갔다. 노영은 한 걸음 뒤에서 그 광경을 지켜보다가 어머니의 팔을 잡고 산책을 가자고 말했다. 우리는 실외로 나와 요양원을 둘러싼 녹지를 걸었다. 요양원은 노영이 말했던 것처럼 작은 아파트 단지 같았다. 디자인이 똑같은 직사각형 모양 건물 몇 채가 옹기종기 서 있는 꼴이 그렇게 보였다. 다른 노인들도 우리처럼 그 주변을 빙 돌며 겨울 볕을 쬐었는데, 대체로는 평온한 얼굴을 하고 있었다.

요양원 주변에는 벤치가 많았고 조그만 연못도 하나 있었다. 하얀 바위로 물가를 감싼 조그맣고 얕은 연못이었다. 수면에는 살얼음이 얇게 얼어 있었다. 그 아래로 은빛 잉어 두 마리가 천천히 헤엄쳤다. 우리는 연못가에 서서 그 광경을 내려다봤다. 반투명한 얼음 아래서 지느러미가 물결을 따라 조금씩 흔들리는 모양이 아름다웠다. 우리가 다시 걷기 위해 연못을 떠날 즘, 진회색 스웨터를 입은 노인이 물가로 다가가 연못에 자갈을 던지기 시작했다. 잉어를 맞추려는 것인지, 사료를 주는 시늉을 하는 것인지 알 수 없었다. 나는 사람을 불러야 할까 생각하다가 그냥 두었다. 걷는 동안 노영의 어머니는 노영의 손을 벗어나 내게 다가왔다. 그리고 팔짱을 꼭 꼈다. 노영의 어머니가 아니라 나의 어머니인 것 같았고, 노영은 내 어머니에게 인사하러 온 나의 아내나 친구 같았다. 이윽고 그가 나를 준영이라고 부르기 시작했을 때 노영은 이만 가보자고 말했다. 준영은 노영의 오빠 이름이었다. 노영의 오빠 이야기는 전에 들은 적이 있었지만 이름은 그날 알게 됐다.

돌아가는 길에 노영은 내가 퇴사한 이유를 캐물었다. 나는 창밖으로 스쳐가는 방음벽을 바라보며 별일은 없었다고 대답했다. 물론 아무 일 없었다고 말할 수는 없었지만, 단지 가을 동안 참혹한 광경을 봤다는 이유로 퇴사를 결심했던 것도 아니었으므로 그 말이 적절하다고 생각했다. 누군가 피해 입은 일, 죽거나 다치는 일을 숫자로 환원하는 것이 나의 직업이었다. 일하는 동안에는 양심적으로 처신했다고 말할 수 있었고, 드물게는 피해자 가족들에게 진심 어린 인사를 받기도 했지만, 그 일이 결코 즐겁지는 않았다. 죽은 동물들에게 페인트 스프레이를 뿌려 숫자를 표시하는 동안 그것이 좀 더 확실해졌을 뿐이었다. 나는 화제를 돌리려는 목적으로 이전에 노영이 했던 이야기를 다시 꺼냈다.

"근데 줄리아는 왜 이제 와서 일기장을 달라는 거야? 그때 네가 가져갔던 건 알고 있었대?"

노영은 어깨를 으쓱해 보이더니 가속도를 내서 앞차를 재빠르게 추월했다. 나는 차창 위에 달린 손잡이를 붙잡았다.

"모르지. 네가 한번 읽어볼래?"

노영은 차 안 컵 홀더에 놓여 있던 휴대전화를 건네줬다. 나는 노영의 휴대전화를 받아 메일함을 살폈다. 발신인 이름 중 줄리아를 찾는 것은 어렵지 않았다.

노영,

나를 기억할지 모르겠다. 나는 줄리아 로버트슨이야. 오래전에 너와 함께 살았던 짧은 시절을 잊지 않고 있어. 너는 멋진 꿈을 가지고 이곳에 왔었지. 너무 늦었지만 네 몫의 보증금을 돌려주고 싶어.

그리고 혹시 아직도 우리 아들 패트릭의 일기장을 가지고 있다면 돌려줘. 네가 그걸 가져갔다고 해도 나는 너의 잘못을 비난하지 않아.

줄리아 로버트슨

줄리아의 문장은 지나치게 간결해서, 노영이 외국인인 것을 의식하고 적은 티가 났다.

"메일 주소는 어떻게 알았나 모르겠어."

내가 메일을 읽고 나서도 별말이 없자 노영은 그렇게 말했다.

"기록이 어디 남아 있었겠지, 뭐."

생각해보면 줄리아가 정말 아들의 일기장을 돌려받을 수 있을 거라고 기대했던 것 같지는 않다. 어쩌면 노영에게 과거의 잘못을 환기시키려는 의도로 메일을 보냈을지도 몰랐다. 패트릭은 2003년쯤 아프가니스탄에서 사망했을 거라고 짐작한다. 그즈음 해서 일기가 끊겼다. 일기장 귀퉁이에 적어놓고 귀향까지 남은 날을 셈하던 디데이는 'D-51'에 멈춘 채였다. 패트릭은 성실하게 일기를 썼지만 하루에 적는 분량은 많지 않았고, 대부분은 짧은 메모 수준이었다. '엄청난 더위. 모래 바람이 심함.' '마크 상병은 다리를 절단해야 한다.' 'MP3 고장. 모래 때문인가?' 그런 문장들이 기억이 난다. 그리고 온갖 그림들이 있었다. 패트릭은 그림을 제법 잘 그려서, 탱크나 총, 선글라스를 얹은 군모 같은 것들을 일기장에 스케치해놓았다. 가장 즐겨 그린 것은 여자의 나체였다. 얼굴 없는 여자들이 온갖 포즈를 잡고 있는 그림이 두세 페이지 간격으로 등장했다. 어떤 면에는 여성의 음부가 놀랍도록 자세하게 그려져 있기도 했다. 그런 걸 보고 있으면 이상한 기분이 됐다. 만약 자신이 전사하게 된다면 그 외설적인 그림을 다른 사람들이 보게 될 텐데, 그런 일을 걱정하지는 않았는지 궁금해지다가도, 나중에는 사막 한가운데서 몇 달씩 지내다 보면 자연히 그런 것을 끄적거리게 되겠다며 패트릭을 이해하는 쪽으로 마음이 바뀌었다. 거기까지 생각이 미치면 서글픈 기분이 됐다. 아마 그런 이유 때문에 패트릭의 일기를 제대로 읽지 않았을 것이다. 내가 그의 일기 중 유일하게 꼼꼼히 읽어본 페이지는 고장 난 MP3 플레이어의 플레이 리스트가 적혀 있던 한 장뿐이었다. 패트릭은 오래된 노래들을 좋아했다. '필요한 것들.' 그 장의 맨 윗부분에 패트릭은 그렇게 적었다.

노영과 나는 침묵 속에서 시의 경계를 넘어 톨게이트를 통과했다. 차가 한강을 건너가고 있을 때 내가 다시 입을 뗐다.

"저번에 너 만나고 들어가다가 네 목소리 들었다?"

"내 목소리? 뭐라 그랬는데?"

"별말은 없었고, 야, 하고 소리 질렀어. 귀신처럼."

"아, 맞아. 내가 그랬어. 나 어릴 때 장래희망이 귀신이었잖아."

노영은 그렇게 말하더니 실없이 웃었다. "있잖아, 나는 그때가 처음이 아니었어."

웃음을 그친 노영이 말했다.

"뭐가? 일기 훔친 거 말이야?"

"훔친 건 아니지만, 그 비슷한 이야기야."

선글라스를 쓰고 있는 탓에 노영의 눈은 보이지 않았다. 노영은 옛날이야기를 해주겠다며 말문을 텄다.

노영 오빠의 본래 이름은 민영이었다. 준영이란 이름은 중학생이던 아들이 소아암 진단을 받자 노영의 어머니가 절에 찾아가 지어 온 새 이름으로, 성명학과 사주를 모두 고려해 장수할 수 있도록 작명한 것이었다. 그렇게 해서 아들의 운명을 바꿀 수 있다고 노영의 어머니는 한때나마 믿었던 것이다. 그건 노영의 아버지도 마찬가지여서, 처음에 두 사람은 아들이 복잡한 치료 과정을 거치면 완치될 수 있을 것처럼 행동했다. 치료에는 물론 최선을 다했다. 소아암에 관한 책이란 책은 거의 다 구해 읽었다. 나중에는 서가가 모자라서 남매가 읽었던 동화책 세트를 버리고 그 자리에 의료 서적을 꽂아야 했다. 그렇게 읽은 책들의 절반 정도는 음식에 대한 것이었는데, 노영의 부모님은 책에 추천된 식이요법을 거의 다 시도해보았다. 브로콜리부터 케일, 비트, 오리고기와 개고기까지, 온갖 식재료가 돌아가며 냉장고에 채워졌다. 달마다 절에 찾아가 치성을 드리는 일도 빠뜨리지 않았다. 그러나 결과적으로 치료는 실패로 돌아갔다. 노영의 오빠가 삼 년의 투병 끝에 사망하자 노영의 어머니는 절에 발길을 끊었다. 노영의 아버지는 그 전에, 병원에서 더 이상의 치료는 의미가 없다고 한 시점에 염주며 휴대용 반야심경 따위를 내다버렸다. 두 사람은 아들이 아프기 전부터 아들만을 위해 기도했으므로 다른 자식이 남아 있다는 사실은 그다지 중요하게 여기지 않았다.

오빠가 병원에 입원해 있던 동안에는 노영도 바쁘게 지냈다. 학교를 휴직한 노영의 어머니는 아픈 아들 곁에 온종일 붙어 있길 원했고, 노영의 아버지는 퇴근 후 잠깐이라도 병실에 들러 아들을 보고 싶어 했는데, 그러려면 병실 밖에서의 뒤치다꺼리는 노영이 떠맡아야 했다. 병원 본관의 세탁실로 빨랫감을 가져가 세탁해 오는 일, 병원에서 살다시피 하는 어머니에게 집에서 옷과 반찬을 가져다주는 일이 노영의 일과가 됐다. 한번은 교복을 입고 춘천까지 심부름을 간 적도 있었다. 어머니가 찾아낸 건강원에서 보신탕을 포장해 오기 위해서였다. 노영이 세탁한 옷이나 부탁받은 음식을 들고 병실을 찾아가면 노영의 어머니와 오빠는 침대에 마주 앉아 음식을 먹거나 게임을 하고 있었다.

"거기서 게임을 할 수가 있어?"

"컴퓨터로 하는 거 말고 보드게임 말이야."

노영은 손에 쥐고 있던 각설탕을 주사위 굴리듯 테이블 위로 튕기며 말했다. 나는 고개를 끄덕였다. 중학생 아이가 온종일 병원에 있으려니 퍽 지루했을 것 같기는 했다. 잠깐 이야기가 끊어진 사이 진동 벨이 울려서 나는 주문한 음료를 가지러 갔다. 우리는 전에 한 번도 와보지 않은 카페에 와 있었다. 서울에 들어서자 차가 막혀, 우선 차에서 내리고 보자며 들어온 곳이었다. 커피를 들고 자리로 돌아가자 노영은 만지작대던 각설탕을 사탕처럼 씹어 먹고 있었다. 다 먹고 나서 노영이 이야기를 계속했다.

병원 생활에 지친 아들이 보드게임에 흥미를 보이자 어머니는 기뻐했다. 한동안 부루마블을 가지고 놀던 두 사람은 곧이어 다른 게임에도 재미를 붙였다. 체스와 오셀로를 하나의 판 위에서 할 수 있는 게임 세트를 노영의 어머니가 인터넷 쇼핑몰에서 주문했다. 노영의 오빠는 금세 새로운 게임에 빠져들었고, 좌석으로 된 판에 말이 부딪히는 소리를 노영은 지긋지긋하게 들었다. "체크메이트"라고 외치던 오빠의 새된 목소리도 마찬가지였다. 그렇게 보드게임들이 하나둘씩 쌓여가서, 나중에는 소아암 병동의 다른 환자들이 게임을 빌리러 병실에 찾아오기도 했다. 아들이 잠들고 나면 노영의 어머니는 보조 침대에 앉아 조그만 스탠드를 켜놓고 새로 주문한 게임의 규칙 설명서를 읽었다. 아들에게 새로운 게임을 가르쳐주기 위해서였다.

"너는 같이 안 했어?"

나는 노영의 이야기를 끊고 물었다.

"나는 할 수가 없었어. 체스랑 오셀로 다음에 주문한 게 벌룬컵이랑 로스트시티였거든."

"그게 왜?"

"그게 다 이 인용 게임이야. 보드게임이 그래. 셋이서 할 수 있는 게임은 잘 없어. 둘 아니면 여럿이지."

나는 고개를 끄덕였다. 나는 보드게임을 해본 적이 거의 없었다.

"나중에 오빠가 퇴원할 때는 여행 가방 하나가 보드게임으로 가득 찰 정도였어. 근데 그때는 오빠 상태가 진짜 안 좋아져서, 가방을 다시 열 일이 없었지."

노영은 머그잔 위로 김이 오르는 것을 가만히 바라보며 말했다. 나는 조금 전 노영이 그런 것처럼 각설탕을 깨물어 먹었다.

"그리고 나중에 내가 팔았어. 하나씩 하나씩."

나는 노영의 얼굴을 가만히 바라봤다. 그 순간 한때 우리가 연인이었다는 사실이 새삼스레 떠올랐던 것 같다. 그 시절이 끝난 건 노영이 내게 청혼했기 때문이었고, 더 정확하게는 내가 그 청을 거절했기 때문이었다. 그것은 내가 유일하게 거절한 노영의 부탁이기도 했다. 만약 우리가 부부가 됐다면 노영은 이런 이야기는 하지 않았을 것이다. 나는 입 안 가득한 단맛을 커피로 헹구어 냈다. 노영이 중단했던 이야기를 이어갔다.

노영은 부모님 몰래 중고품을 거래하는 인터넷 카페에서 보드게임을 팔기 시작했다. 하나씩 사진을 찍어 올려두면 사람들이 금방 문자메시지를 보냈다. 노영은 택배 거래를 선호했지만, 때로는 직접 만나 물건과 돈을 교환하기도 했다. 사람들은 즐거운 얼굴로 보드게임을 사 갔다. 게임을 팔러 온 사람이 고등학생인 것을 알고는 정해진 가격보다 더 많은 돈을 쥐여주는 어른들도 더러 있었다. 노영은 그렇게 얻은 돈으로 친구들과 노래방에 가거나 스티커 사진을 찍었다. 갖고 싶던 신발을 살 때도 있었다. 그러나 그런 일들이 노영을 즐겁게 해주지는 못했을 거라고 나는 생각했다. 창밖은 벌써 어두워져서, 길 건너편 가게들의 간판에 하나둘 불이 켜지고 있었다. 나는 유리창에 비친 노영의 고요한 얼굴을 바라보다가 물었다.

"어머님은 아직도 모르시고?"

"나중에 다 팔고 나니까 눈치채더라. 근데 뭐, 별 얘긴 없었어."

노영은 대수롭지 않게 말했지만, 나는 그 말을 믿기가 어려웠다. 노영의 어머니가 어떤 표정으로 노영을 대했을지 알 것만 같았다. 그날 우리는 각설탕으로 저녁을 대신한 채 헤어졌다.

노영은 출국을 일주일 앞두고 파견이 취소되었다. 그즈음 중국 우한에서 유행하기 시작한 코로나 바이러스 때문이었다. 노영은 미리 싸두었던 여행 가방을 다시 풀면서 내게 전화를 걸어 그 사실을 알렸다. 그때만 해도 코로나를 뉴스에 나오는 단어로만 생각하던 나는 곧 상황이 진정되지 않겠냐고 노영을 타일렀는데, 그건 완전히 틀린 말이었다. 여행사에 다니던 노영은 한 달 동안의 무급휴가를 받았다가, 코로나 사태가 길어지며 정리해고 처분을 당했다.

"처지가 딱하게 됐으니까 내 부탁 좀 들어줘."

날이 제법 따뜻해진 봄날, 노영은 내게 전화를 걸어 그렇게 말했다. 우리는 다시 한번 노영의 어머니를 만나러 갔다. 이번에도 노영이 운전을 했다. 나는 옆자리에 앉아 출발 전에 산 부루마블의 규칙 설명서를 읽었다. 단순한 게임이라던 판매 사원의 말과 달리 규칙은 제법 복잡했다. 각종 도시를 여행하며 거기에 호텔을 짓고 세를 받는 게임이었다.

"정말 이걸 어머님이 할 수 있을까? 너무 복잡한 걸 고른 것 같아."

나는 설명서에 적힌 조그만 글씨들을 들여다보며 투덜거렸다. 노영은 괜찮을 거라고만 대답한 뒤 별말이 없었다. 나는 차 안의 따뜻하고 건조한 공기 속에서 졸다 말다 했다. 완전히 눈을 떴을 때에는 창밖으로 요양원 건물이 보였다. 나는 부루마블을 챙겨 차에서 내렸다. 요양원 건물이야 달라진 것이 없었지만, 전처럼 주변을 산책하는 노인들은 한 명도 보이지 않았다. 건물 입구에는 외부인 출입 시 체온을 측정한다는 안내문이 붙어 있었다. 우리는 직원의 안내에 따라 체온을 재고 소독제로 양손을 씻은 뒤에야 비로소 의자가 세 줄로 놓인 건물 로비에 들어갈 수 있었다.

노영의 어머니는 저번처럼 그곳에서 우리를 기다리고 있었다. 우리는 함께 면회실로 갔고, 거기에서 부루마블을 시작했다. 각자 말을 하나씩 맡은 뒤 정사각형의 판 위에서 주사위를 굴렸다. 노영은 처음부터 앞서 나가서, 여러 도시에 호텔을 두 채씩 지었다. 그다음이 나였고, 노영의 어머니가 게임 속에서 가장 가난했다. 노영의 어머니에겐 부산과 파리가 전부였다. 노영은 어느 순간 자신 몫의 카드를 내 쪽으로 미뤄두고 음료수를 사 오겠다며 면회실 밖으로 나갔지만, 노영의 어머니는 아랑곳 않고 게임에 집중했다. 양손을 모아 두 개의 주사위를 조심스레 흔들었고, 도시에 호텔을 짓기 전에는 바둑기사처럼 장고했으며, 당신 몫의 카드를 색깔별로 정리해 판 아래 끼워 넣었다. 그리고 그렇게나 게임에 몰두하다가도 갑자기 차가운 손을 뻗어 나의 얼굴을 쓰다듬었다. 단지 내가 거기 앉아 있다는 사실을 확인하는 것처럼 단순한 동작이었다. 한참이 지나서야 면회실로 돌아온 노영은 탁자 앞에 앉지 않고 멀찍이 서 나와 자신의 어머니를 바라봤다. 나는 계속해서 주사위를 굴리고, 말을 움직이고, 도시에 호텔을 세웠다. 호텔을 표시하는 작은 말들이 판 위에 빼곡해지며 게임은 끝났다. 노영은 그때서야 우리 쪽으로 다가와 테이블 정리를 도왔다. 노영과 나는 부루마블을 요양원에 두고 나왔다. 노영은 어머니가 다른 어르신들과 어울려 게임을 할지도 모른다고 말했지만 진심으로 하는 말은 아닌 것 같았다. 우리가 주차장에서 차를 빼낼 때 노영의 어머니는 옆구리에 부루마블 상자를 낀 채 우리에게 손을 흔들어줬다. 나는 노영의 어머니가 무언가 말을 하고 있다는 생각을 했다. 작은 소리로, 딸의 친구가 아닌 자신의 아들에게 무언가 다정하고 슬픈 말을 하고 있다고 말이다. 나는 차창을 내리고 노영의 어머니가 마치 진짜 엄마라도 되는 양 이만 들어가시라고 소리쳤다. 물론 노영의 어머니는 내 말을 듣지 않았고, 우리가 보이지 않게 될 때까지 손을 흔들며 요양원 주차장에 서 있었다. 차가 요양원을 빠져나와 정체가 시작되는 고속도로를 달릴 즈음에야 노영은 내게 고맙다는 인사를 했다.

"넌 정말 착한 사람이야."

뜬금없는 노영의 칭찬에 나는 웃음이 났다.

"빈말은."

"나보다는 낫다는 거지."

노영은 농담이라며 웃었지만 나는 따라서 웃지 않고 시트에 몸을 기댔다. 창밖에선 석양이 지고 있었다. 노영은 앞을 보느라 눈을 가늘게 떴다. 그리고 혼잣말하듯 내게 말을 건넸다.

"나 줄리아한테 답장했어."

석양이 차 안으로 비쳐 들어 노영의 얼굴과 입고 있던 흰색 티셔츠가 불그스름하게 보였다. 나는 시트에 파묻고 있던 상체를 일으켰다.

"뭐라고 보냈는데?"

노영은 핸들을 잡은 채로 어깨를 으쓱했다. 우리가 처음 만났던 날, 노영이 같은 동작을 하면서 서양인들은 불리해 지면 이렇게 한다며 농담했던 기억이 났다.

"그건 비밀이지."

노영은 그렇게 말한 뒤 콘솔 박스에서 검은색 선글라스 를 꺼내 썼다.

"나도 그 사람 본 적 있어." 나는 말했다. "그 사람 집에 갔었어. 패트릭 일기장을 돌려주려고."

"그걸 가져다줬다고? 그럼 줄리아는 나한테 메일을 왜 보낸 거야?"

"내가 집 앞까지만 갔다가 돌아왔거든."

나는 조금 전 노영이 그랬던 것처럼 어깨를 으쓱해 보였 다. 노영처럼 자연스럽지는 않았다.

노영에게 말한 것처럼, 나는 패트릭의 일기장을 가지고 줄리아를 찾아갔었다. 노영이 떠난 날로부터 한 달 가까이 지났을 때라고 기억한다. 그 전에 일기장의 마지막 장에 주소가 적혀 있는 것을 확인했고, 한번 찾아가 봐야겠다고 마음먹기도 했지만, 그걸 들고 집을 나서기까지는 더 시간 이 걸렸다. 나는 해 질 무렵에 버스를 탔다. 어두워진 틈을 타 패트릭의 일기장을 우편함에 넣어두고 올 작정이었다. 동네는 생각보다 가까워서, 버스를 타고 이십 분도 걸리 지 않아 줄리아의 집이 있는 로키스트리트에 내릴 수 있었 다. 그곳은 조용한 주택가였다. 널찍한 도로 양옆으로 늘어 선 단독주택들은 저마다의 마당과 주차장을 가지고 있었 다. 집을 찾는 일은 어렵지 않았다. 노영이 말해주었던 키 큰 야자나무 덕분이었다. 나무는 내가 생각했던 것보다 더 거대해서, 한 블록 떨어진 곳에서도 푸른색 야자 이파리가 보였다. 이윽고 집 앞에 다다랐을 때에는 마당이 훤히 들 여다보이는 낮은 대문 너머로, 야자나무 아래 선베드에 누 워 있는 줄리아가 보였다. 그건 내가 예상하지 못했던 풍 경이었다. 줄리아의 발치에서 배를 깔고 앉아 있던 셰퍼드 종의 개가 나를 보더니 벌떡 일어나서 귀를 쫑긋거렸다. 나는 재빠르게 줄리아의 집 앞을 지나쳤다. 그리고 다시금 그 멋진 동네를 걸었다. 그러는 사이 날은 완전히 저물어 가로등에 하나둘 불이 들어오기 시작했다. 거리는 거의 텅 비어 있었다. 나는 겁이 났다. 동양인 혼자 인적 드문 밤거리를 헤매고 다니는 일이 얼마나 위험한지는 그동안의 유학 생활을 통해 충분히 깨달은 터였다. 그러나 나는 줄리아의 집 앞으로 돌아갔고, 다시금 대문 앞에 섰다. 가로등의 어스름한 조명 속에서, 줄리아가 여전히 선베드에 기대 앉아 있는 것이 보였다. 개는 보이지 않았다. 이번에는 줄리아가 나를 불러 세웠다.

"우리 집 앞에서 뭐 해요?"

나는 잠깐 동안 말문이 막힌 채 섰다가 타이밍 늦게 변명을 했다.

"길을 잃었어요. 버스 정류장을 찾고 있어요."

그러자 줄리아가 의자에서 일어나 가로등이 비추고 있는 대문 앞으로 다가왔다. 나는 줄리아가 파란색 눈을 가졌다는 것을 알 수 있었다. 서늘하고 창백한 눈이었다.

"아까도 우리 집 앞에서 얼쩡대던 걸 다 봤어요."

"길을 잃었을 뿐이에요."

나는 그렇게 중얼거리며 패트릭의 일기장이 담긴 크로스 백 가방끈을 한 손에 움켜쥐었다. 줄리아는 잠시 내 얼굴을 살피더니, 어깨를 한번 으쓱해 보였다.

"알았어요. 그 말을 믿을게요. 얼마 전에 집에 도둑이 들었거든요. 아시아인 도둑이요. 그것 때문에 내가 좀 예민해졌나 봐요. 미안해요."

나는 사정을 이해한다는 것처럼 고개를 끄덕였다. 그러자 줄리아는 친절하게도 내게 버스 정류장의 위치를 설명해주었다. 오른쪽으로 한 번, 왼쪽으로 한 번 코너를 돌면 버스 정류장 표지판이 보일 거라고, 건조하지만 예의를 갖춘 말투로 줄리아는 말했다. 그리고 마지막에는 내게 어디에서 왔느냐고 물었다.

"일본에서 왔어요."

"아, 나는 일본을 아주 좋아해요. 지난번에 들었던 도둑은 한국인이었답니다."

줄리아는 내게 처음으로 웃어 보이며 그렇게 말했다. 나는 그가 일러준 대로 버스 정류장을 향해 걸어갔고, 다시는 그곳으로 돌아가지 않았다. 패트릭의 일기는 집으로 가기 전에 들른 맥도날드에 버렸다. 음식물 쓰레기를 버리는 통에 일기장을 먼저 던져버린 뒤 먹다 남긴 감자튀김을 쏟아부었다.

"사거리 맥도날드 말이지?"

노영은 물었다. 나는 그렇다고 답해주었다. 노영이 선글라스를 벗어 티셔츠에 걸었다.

"거기가 기억나? 너도 거기 갔었나?"

노영은 고개를 끄덕였다.

"거기서 우리 한국 연락처 주고받았잖아. 기억 안 나?"

"중세시대에 말이야?"

"정확하게 말하면 중세 이전이지."

우리는 차가 움직이는 소리를 들으면서 한동안 말없이 있었다. 해는 완전히 저물었고, 도로 위에서 서행하는 차들은 붉은 등을 켜고 있었다. 나는 이맘때면 다소 선선해지기 시작하던 브리즈번을 떠올렸다. 오늘도 줄리아는 맥주나 얼음을 띄운 콜라를 들고 똑같은 선베드 의자에 누워 있을지 몰랐다. 그리고 그의 곁을 맴돌던 개는 지금쯤 아주 늙었거나 죽었을 것이다. 줄리아가 버스 정류장까지 가는 길을 설명하는 동안 녀석은 대문 앞으로 다가와서 짖기 시작했다. 나를 침입자라고 여긴 모양이었다.

"Stop, son."

줄리아는 그렇게 말하며 개를 진정시켰다. 내가 기억하는 것은 거기까지다. 그 일은 아주 오래전에 일어났다. 그리고 나는 그 이전에, 노영과 헤어지며 맥도날드에서 서로의 이메일 주소를 적어주던 날의 대화를 문득 기억해냈다. 우리는 한국에 가면 다시 만나자고 말했고, 한국에서 하고 싶은 일을 하나씩 꼽아보았다. 나는 눈이 오는 풍경을 보고 싶다고 했다. 호주에서는 흰 눈을 본 적이 없었기 때문이었다. 노영은 그러면 언젠가 함께 눈을 보자고 내게 말했다. 그건 고백에 가까운 말이었는데, 나는 물론 받아들였다. 언젠가 함께 흰 눈이 덮인 풍경을 보자고, 어느 여름날에 우리는 그런 약속을 했었다.

● 프랑스 영화처럼

내가 퇴근하고 집으로 돌아왔을 때, 유재는 방바닥에 앉아 허리를 수그리고 있었다. 양손으로 발을 잡은 채 몸을 둥글게 말고 있는 모습이 커다란 고양이 같았다. 유재는 집요하게 발바닥을 살피는 중이었다.

"아직도 안 나왔어?"

나는 유재의 등에 대고 물었다. 유재는 그제야 고개를 들고 나를 바라보더니 시무룩한 표정으로 그렇다고 대답했다. 나는 양말을 벗어 현관문 앞에 놓인 세탁용 바구니에 집어넣었다. 그리고 외투와 남방, 청바지를 차례로 벗어 오직 옷을 걸어두는 용도로만 사용하는 의자에 얹었다. 유재는 다시 내게서 등을 돌리고 발바닥을 들여다봤다.

그제 저녁에 유재는 퇴근하고 집에 들어온 나를 불러 자신의 발바닥을 좀 보라고 말했다.

"가시가 박혔어."

우리는 오래된 빌라에 함께 살았는데, 방바닥에는 건물이 지어질 당시의 유행대로 목재 장판이 깔려 있었다. 거기서 나무 부스러기가 조금씩 떨어져 나왔다. 그런 작은 부스러기가 발에 박힌 모양이라고 유재는 말했다. 다만 내 눈에는 가시가 보이지 않았다.

"아무것도 없는데."

그때만 해도 나는 상황을 심각하게 받아들이지 못했다. 그러나 유재는 답답해하면서 아주 작은 가시라고 진지하게 다시 설명했다. 오른발로 딛고 설 때면 통증이 있다고, 가시가 살갗 안쪽을 파고든다고.

"그럼 병원에 가봐야 하는 거 아냐?"

"안 돼. 요즘 병원이 얼마나 위험한데."

위험이라면 코로나 바이러스를 두고 하는 말이었다. 유재는 코로나 바이러스의 위험에 대해, 코로나가 얼마나 많은 사람들을 죽였고 또 죽일 것인지 한참 떠들었다. 그리고 내가 그 기세에 질려서, 그렇다면 병원에 가지 않아도 좋으니 발을 가만히 내버려두라고 말하자 이번에는 가시를 뽑지 않는 일이 얼마나 위험한지를 또 이야기했다. 피부에 박힌 가시를 그냥 두었다가는 피부가 괴사할 수 있다고, 그렇게 되면 발바닥의 일부를 도려내야 한다고 유재는 말했다. 그리고 구글에서 검색한 온갖 끔찍한 이미지를 내게 보여주었다. 그런 대화가 이틀 동안 반복됐다. 어젯밤에 유재는 한층 더 심각해져서, 가시가 박힌 곳에 얇게 썬 감자를 붙이고 베이킹소다를 뿌리는 등 인터넷에서 찾아낸 방법을 두 가지나 시도해보았지만 효과가 전혀 없었다고 투덜댔다. 그리고 오늘 밤에는 눈썹을 다듬을 때 사용하는 작은 칼로 발바닥의 살갗을 조금씩 베고 있었다. 나는 유재가 엑봄 증후군의 초기 증상을 보이는 것이 아닐까 의심했다. 엑봄 증후군이란 내가 오늘 인터넷 검색을 통해 찾아낸 단어로, 자신의 피부 속에 기생충이 산다고 믿는 일종의 망상증을 뜻했다. 다만 유재는 가시가 박혔다고 주장했을 뿐이고, 바닥재에서 자잘한 나무 부스러기가 떨어져 나오는 것은 사실이니까, 어쩌면 내 눈에는 보이지 않는 작은 가시가 유재의 발바닥에 박혀 있을지도 몰랐다.

"좀 보자."

나는 유재 앞에 마주 앉아서 유재의 발을 들어올렸다. 열십자 모양으로 벌어진 상처가 보였는데, 안쪽에 피가 고여 있었다. 나는 유재가 자신의 몸에 그렇게 깊고 집요한 상처를 만들었다는 사실에 놀랐다.

"가시가 더 깊게 들어간 것 같아."

유재가 말했다.

"이제 그만해. 가시가 문제가 아닌 것 같아."

나는 그렇게 말하며 유재의 발을 바닥에 내려놓았다. 유재는 선선히 고개를 끄덕이더니, 오늘은 이만하고 '내일 다시' 해볼 작정이라고 대답했다. 그와 동시에 유재의 발바닥에서 핏방울이 흘렀다. 유재는 이를 의식하지 못하는 듯했다. 그는 얼빠진 표정으로 일어서서 반창고를 찾았다. 가시를 뽑아야 한다는 강박에 시달린 나머지 아픈 것도, 발에서 피가 나는 것도 잊어버린 것 같았다. 정말로 문제는 가시가 아닐지도 몰랐다.

"오늘 영화 볼까?"

내가 말했다. 유재의 관심을 가시가 아닌 다른 것으로 돌리는 게 우선일 것 같았고, 그런 데에는 영화만 한 것이 없었다. 함께 살기 시작하면서 우리는 금요일과 토요일 저녁마다 영화를 한 편씩 보곤 했는데 둘 다 그 시간을 좋아했다.

"좋아."

유재가 커다란 반창고를 발바닥에 붙이며 대답했다. 나는 유재에게 영화를 좀 골라달라고 부탁한 다음 샤워를 하러 화장실로 들어갔다.

유재와는 글쓰기 수업을 듣다가 알게 되었다. 성소수자 인권단체에서 FTM(Female to Male) 트랜스젠더를 대상으로 자신의 삶에 대한 에세이를 쓰는 수업을 열었고, 나와 유재는 수업에 참가했다. 수업은 두 달 동안 진행되었다. 처음 한 달 동안에는 수강생 모두가 이런저런 산문집을 함께 읽었고, 나머지 한 달 동안에는 돌아가면서 각자가 쓴 글을 발표했다. 유재는 맨 마지막 순서였다. 자신의 과거를 털어놓거나 요즘의 생활에 대해서 쓴 다른 사람들과 달리, 유재는 프랑스에서의 나날에 대해 썼다. 글 속에서 유재는 자유로웠다. 유재는 '앙투안'이란 새로운 이름을 가졌고, 매일 자전거를 타고 마로니에 나무가 심긴 공원을 돌아다녔다. 동네 주민들과 친구가 됐고, 멋진 애인도 사귀었다. 유재는 매일 밤 애인과 함께 극장에 갔다. 그리고 히어로물도 블록버스터도 아닌, 유재의 말에 따르면 정말 영화다운 영화들을 관람했다. 언어 장벽이나, 인종차별 문제, 이주에 드는 비용에 대해서는 걱정할 필요가 없었다.

"이 글은 판타지 소설이기도 하거든요."

유재는 자신의 글을 낭독한 다음 그렇게 덧붙였다. 나는 유재의 에세이가 마음에 들었다. 그가 글을 낭독한 다음 쑥스러운 표정으로 수강생들을 둘러보았을 때에는 귀엽다고 생각하기도 했다. 수업이 끝난 뒤 가진 뒤풀이 자리에서 나는 유재의 곁에 앉았다. 그리고 자리가 파할 즘 유재의 전화번호를 물었다. 유재는 흔쾌히 번호를 알려주었다. 서로 친구가 되는 자리였으니 별다른 의미를 부여하지 않을 법도 한데, 유재가 내 휴대전화에 전화번호를 저장하는 동안 나는 무척 들떠 있었다. 글쓰기 수업이 종강한 다음 날부터 우리는 거의 한 달 동안 문자메시지를 주고받았다. 처음에 우리는 함께 들었던 수업에 대해서 얘기했다. 수업의 좋았던 점과 아쉬웠던 점, 참여자들이 발표한 글 중 가장 좋았던 글과 마음에 들지 않았던 글을 말했고, 나중에는 잠들기 전에 잘 자라는 인사를 하게 됐다. 우리의 대화는 예전의 삶으로까지 번져나갔다. 나는 곧 누구에게도 말하지 못했던 이야기, 유재와 함께 수강했던 글쓰기 수업에서조차 글로 적지 못했던 이야기들을 유재에게 털어놓았다. 스무 살에 남성 호르몬 투여를 시작한 것부터, 뒤늦게 대학에 들어가 공부한 것이며 지금의 직장에 어렵게 자리를 잡은 것, 그리고 그때까지 누구와도 연애를 해본 적이 없다는 것 등을 나는 유재에게 모두 말했다. 유재와 대화할 때면 솜과 천으로 만들어진 한없이 푹신한 세계에 들어온 기분이었다. 그리고 그런 감각은 유재를 한 달 만에 다시 만났을 때에도 변함이 없었다.

내가 샤워를 마치고 나왔을 때 유재는 침대에 노트북을 가져다놓고, 그 앞으로 맥주와 과자, 땅콩을 담은 쟁반을 옮겨놓고 있었다. 영화를 볼 준비였다. 우리는 침대 위에 노트북을 올려놓고 영화를 재생시킨 다음, 이것저것 먹고 마시다가 그대로 잠들어버리곤 했다.

"영화는 골랐어?"

내가 묻자 유재가 고개를 끄덕였다. 침대 헤드에 기대앉은 유재는 조금 전보다 기분이 풀어진 것 같았다.

"응, 「아가타와 끝없는 독서」."

"그게 제목이야?"

"응, 프랑스 영화야."

유재가 프랑스 영화를 고르다니, 좀 의외라는 생각이 들었다. 저녁에 영화를 보던 우리의 나이트루틴은 지난가을 우리가 함께 프랑스어를 배우기 시작하면서 조금 학구적인 성격을 띠었다. 우리는 프랑스어 실력을 키우고, 프랑스 문화를 익혀보자는 취지에서 프랑스 영화를 보기 시작했다. 가끔은 한국어 자막도 켜지 않은 채 힘겹게 영화의 내용을 따라잡기도 했다.

"오늘은 좀 지루한 거 볼 거야." 유재가 말했다. "마지막에 봤던 거 기억나지? 그거보다 더 지루할 수도 있어."

그러나 유재와 마지막으로 봤던 영화가 나는 떠오르지

않았다. 젊은 게이 커플이 등장하는 영화였다는 것, 그리고 연인 중 하나가 원피스를 입은 채 자전거를 탔다는 것만 어렴풋이 기억났다. 아마 끝까지 보지 못하고 잠들었던 것 같았다. 사실 나는 유재가 고른 프랑스 영화를 대부분 끝까지 보지 못했다.

곧 유재가 영화를 재생시켰고, 화면 가득히 프랑스어가 인쇄된 종이가 보였다. 나는 화면에서 아는 단어를 찾으려다가 곧 그럴 필요가 없다는 것을 깨달았다. 코로나 바이러스가 진정되어 어학원이 다시 개강한다고 해도 더는 프랑스어를 배우지 않을 테니까.

유재가 프랑스행을 적극적으로 밀어붙인 데에는 이런저런 이유가 함께 작용했다. 가장 결정적인 계기는 프랑스에서 지낼 비용이 마련되었다는 것이었다. 작년 6월 유재는 아버지의 사망보험금을 수령했는데, 제법 큰돈이었다. 유재는 그 돈으로 함께 프랑스에서 한 해를 보내면 어떻겠느냐고 내게 물었다. 한 해가 어렵다면 여섯 달만, 그마저 힘들다면 한 계절만이라도 좋다고 했다. 여기보다 더 친절한 세계가 있다면 그 세계를 한번 겪어보고 싶다는 것이었다. 그즈음 유재는 법원에 성별 정정을 신청했다가 이를 반려당한 터였고, 제 나름의 활로로 프랑스를 떠올린 것 같았다. 유재는 프랑스에서 지낼 수 있는 구체적인 비용을 알아보았다. 생활비와 집세, 현지 어학원 등록금을 계산했고, 어학원 사이트나 프랑스 이주민 커뮤니티에서 조언을 구했다. 그러고는 그 정도 돈이라면 그럭저럭 한 해를 보낼 만하겠다는 결론을 내렸다.

유재의 말대로 영화는 무척 지루했다. 화면 속에서 실내 풍경이 아주 천천히 지나갔고, 나중에는 바닷가의 풍경이 보였다. 사람이 아무도 없는 스산한 해변이었다. 두 사람의 대화가 내레이션으로 쉼 없이 흘러나왔는데, 두 사람이 어디서 이 대화를 주고받는지는 전혀 알 수가 없었다.

"누가 이런 걸 만들었어?"

"마르그리트 뒤라스. 원래는 소설가야."

"소설가인데 영화도 만들어?"

"응.

예전 같으면 영화에 집중할 수 없을 만큼 영화와 뒤라스에 대해 이야기했을 테지만, 오늘 유재는 거기서 설명을 그쳤다. 화면이 천천히 바뀌며 화면 속에 중년의 여자가 나타났다. 그러나 여자는 아무 말도 하지 않았다. 여자가 내레이션을 전하는 사람과 같은 인물인지는 알 수 없었다.

"넌 이거 다 봤지? 결말이 어떻게 돼?"

나는 물었다.

"몰라. 기억이 안 나." 유재가 말했다. "뭐, 결말이 중요한 영화는 아닐 거야."

나는 영화를 보는 둥 마는 둥 하면서 맥주 한 캔을 다 마셨다. 영화는 계속 재생되었고, '이 고통', '내 사랑' 등 짧고 단순한 프랑스어 구절이 귀에 들어왔다. 아주 지루한 듣기 평가를 하는 기분이었다. 유재는 침대 헤드에 기댄 채로 나보다 먼저 꾸벅꾸벅 졸기 시작했다. 유재가 영화를 틀어놓고 잠이 든 것은 처음 있는 일이어서 나는 잠든 유재의 얼굴을 잠시 물끄러미 바라보았다. 그러고는 영화를 중단시킨 다음 과자 봉지와 우그러진 맥주 캔을 치우고, 유재를 침대에 바로 눕혔다. 정리를 마친 뒤에는 혼자서 영화를 마저 봤다. 유재의 말처럼 영화는 지루했다. 내레이션으로만 등장하는 두 사람이 계속해서 대화를 이어가더니, 아무런 이야기도 결말도 없이 영화가 끝나버렸다. 정말이지 이상한 영화였다. 나는 노트북을 침대 아래로 내려놓고 수면등을 껐다. 그리고 잠시 뒤에 그럴듯한 생각이 들어 조심스럽게 침대에서 내려왔다. 휴대전화 플래시로 바닥을 비추면서, 나는 바닥재에서 작고 가느다란 나무 부스러기를 뜯어냈다.

프랑스에서 잠시 지내보자는 유재의 제안을 수락한 건 지난해 가을에 일어난 사건 때문이었다. 트랜스젠더 군인을 강제로 전역시킨 사건이 첫 번째였고, 트랜스젠더 여성의 여대 입학을 둘러싸고 벌어진 소동이 두 번째였다. 한창 프랑스에서의 생활을 알아보던 유재에게도 그 사건은 제법 큰 기폭제가 됐다.

　"여기는 희망이 없어."

　그즈음 유재는 그런 말을 입에 달고 살았다. 그리고 자신은 마음을 굳혔다고, 굳이 내가 동행하지 않아도 괜찮다고 말했다. 내가 가지 않으면 혼자 떠날 것이며, 가서 돌아오지 않을지도 모른다는 것이었다. 물론 나는 유재가 그러지 못할 것을 알았다. 사실 유재는 그동안의 삶을 잘 꾸려왔다고 말하기 어려운 형편이었다. 그는 대학을 졸업한 뒤 별다른 직업을 갖지 않고서 부모님이 부쳐주는 생활비로 살아왔다. 수년 동안 프랑스로 가고 싶다고 소망했음에도 그때껏 별다른 준비를 해놓지도 않았다. 나는 그런 유재가 아무런 연고 없는 외국에 가서 혼자서 생활할 수 있다고 생각하기가 어려웠다. 그리고 아마 내심으로는 유재 역시 같은 생각임을, 그래서 내가 함께 떠나주길 바라고 있음을 알고 있었다. 내가 프랑스에 함께 가겠다고 말했을 때 유재는 기뻐했다. 우리는 함께 프랑스어 학원을 등록했고, 등록을 마치고서는 마트에서 프랑스산 와인을 한 병 사 와서 함께 마셨다. 유재는 술에 취한 채 우리가 프랑스에서 할 수 있는 일들을 떠들어댔다. 우리는 에펠 탑을 구경할 것이고 몽마르트르 언덕을 걸을 것이고, 일주일쯤 여유를 두고 루브르 박물관을 돌아다닐 것이다. 자전거를 타고 바게트를 사러 갈 것이고, 이웃들에게는 우리를 연인으로 소개할 것이다.

"진정해. 일 년만 있을 거니까."

"가보면 생각이 달라질지도 모르지."

물론 나도 그러기를 바랐다. 유재의 말처럼 프랑스가 우리에게 친절한 공간이기를, 그래서 막상 그곳에서 일 년을 보낸 뒤에는 떠나고 싶지 않은 마음이 되어 있기를 바랐다. 다만 우리보다 먼저 코로나 바이러스가 프랑스에 도착했고, 우리는 프랑스에 가겠다는 계획을 접었다. 코로나가 전 세계로 번져나가는 동안, 나는 프랑스에서 어떤 일이 일어나고 있는지를 지켜봤다. 유재가 '조금 더 친절한 세계'라고 부르던 나라에서 일어난 혐오 사건들을 빠짐없이 찾아보았다. 아마 유재도 마찬가지였을 것이다. 우리는 그런 일들에 대해 한 번도 터놓고 이야기하지 않았지만, 서로가 인터넷 뉴스나 유튜브에서 무엇을 보았는지 알고 있었다.

"유재야, 일어나 봐."

나는 형광등을 환하게 켠 다음 유재를 흔들어 깨웠다. 유재가 천천히 눈꺼풀을 들어 올렸다. "이것 봐. 내가 가시를 뽑았어."

나는 유재를 일으켜 세웠다. 그리고 가시가 담긴 투명한 지퍼 백을 유재에게 건넸다. 유재는 한순간 잠에서 깨어났다. 그리고 입을 벌린 채 거의 텅 비어 있는 지퍼 백을 조심스레 받아 들었다.

"어떻게 한 거야?"

유재는 내가 담아놓은 그 작은, 먼지 같은 나무 부스러기를 찬찬히 살폈다.

"그냥, 너 잘 때 다시 봤는데 가시가 보여서."

유재가 고개를 끄덕였다. 나는 유재의 발을 소독하고, 상처에 다시 반창고를 붙여주었다.

"이제 괜찮아?"

"그런 것 같아. 안 아픈 것 같아."

유재는 그렇게 말하면서 내가 건네준 지퍼 백을 침대 머리맡에 놓았다.

"이제 괜찮을 거야."

나는 그렇게 말했다. 그리고 불을 끄고 다시 침대로 올라가 잠을 청했다. 내일이면 유재는 왼발에, 아니면 등이나 엉덩이에 가시가 박혔다고 할지 몰랐다. 아니면 가시보다 더 끔찍한 것이 제 몸에 들어갔다고 주장할 수도 있었다. 다만 오늘 밤에 그는 편안할 것이다. 나 역시 그랬다. 나는 유재의 따뜻한 몸을 껴안았다. 그리고 잠 속으로, 솜과 천으로 만들어진 포근한 세계로 떨어졌다.

●

해
변
의

밤

수범이 돌아와서 개를 잃어버렸다고 말했다. 내가 마당에서 이팝나무 가지를 자르고 있을 때였다. 수범은 곧바로 달려온 것을 시위하듯 숨을 헐떡거렸다. 나는 수범을 현관 밖에서 기다리게 하고 아내를 부르러 들어갔다. 아내는 부엌에 서서 오리를 손질하는 중이었다. 날이 넓적한 칼로 오리를 가르는 동작이 날렸다. 나는 아내를 부르지 않고 아내가 인기척을 느끼길 기다렸지만 아내는 돌아보지 않았다.

"수범이 왔어."

나는 아내의 분주한 뒷모습에 대고 말했다.

"벌써?"

아내는 칼을 세워 오리의 내장을 긁어낸 후 앞치마에 손을 닦으며 걸어 나왔다. 입가에 어렴풋한 미소가 배어 있었다.

"개가 없어진 모양이야."

아내는 잠깐 멈추어 섰다. 나는 아내가 도마 위에 올려둔 칼을 보았다. 직사각형 모양의 칼날이 햇빛을 받아 번쩍였다. 아내가 나를 스치고 마당으로 나갔다. 나는 수범이 개를 해친 것일까 생각했다.

지난봄에 우리는 이사를 결정했다. 부동산 경매 사이트에서 아내가 적당한 집을 찾아냈다. 위치나 가격이 이만하면 됐다는 데에 나는 동의했다. 다음 날 나 혼자서 집을 보러 갔다. 집은 2층이었고 마당이 딸려 있었다. 창이 넓어 채광이 좋아 보였다. 부동산 중개인은 개를 키우느냐고 묻고는, 개를 기르기에 여기보다 더 좋은 집은 없다고 말했다. 마치 내가 개를 위해 여기까지 내려온다는 투였는데, 따지고 보면 틀린 말도 아니었다. 나는 그날 계약서를 쓰고 계약금을 현금으로 지급했다. 차를 돌려 서울로 올라갈 때 벌판에 서 있는 허수아비를 보았다. 각목을 엮어 만든 뼈대 위에 남방을 걸치고 플라스틱 왕관을 얹어놓은 것이었다. 벌판은 비어 있었으므로 허수아비는 무용했다. 아내와 개를 데리고 다시 그 앞을 지나쳐 갔을 때, 아내는 차를 세우게 한 뒤 차에서 내려 구토했다. 불그죽죽한 토사물이 도로에 쏟아졌다. 아내를 따라 차에서 뛰어내린 개가 그것을 핥아 먹었다.

개는 새집이 마음에 드는 눈치였다. 마당을 펄쩍펄쩍 뛰어다니며 높은 소리로 짖더니 부동산 중개인을 보고는 꼬리를 흔들었다. 나는 부동산 중개인을 위층으로 불러 나머지 서류를 정리했다. 부동산 중개업자는 창밖의 마당을 내려다보면서 역시 개를 키우기 좋은 집이라고 중얼거렸다. 잠시 후 나는 부동산 중개업자가 지켜본 것이 개가 아니라 아내임을 알았다. 아내는 1층 테라스 난간에 걸터앉아 있었다. 허리를 구부정하게 굽힌 채 머리칼을 얼굴 앞으로 늘어뜨린 모습이 정신이 온전치 못한 사람처럼 보였다.

"집사람이 멀미가 심했습니다. 길이 복잡하더만요."

"여기가 길이 그래요. 공장이 아주 마구잡이로 생기다 보니까."

부동산 중개인이 여전히 창밖에 시선을 둔 채 말했다. 나는 그의 말이 옳았다는 것을 곧 깨달았다. 마을에는 공장이 많았다. 그렇다고 공장지대라고 하기는 애매했는데, 농촌은 더더욱 아니었다. 공장들이 드문드문 있었고 공장들 사이의 밭에선 토마토나 고추 같은 손이 덜 가는 작물이 길러졌다. 그보다 아래쪽에 있는 넓은 부지의 땅들은 대부분 노는 땅이었다. 전에는 작물을 키웠을 법한 땅이었는데, 앞으로는 건물이 더 들어오려는지 흙이 마른 채로 방치됐다. 더 아래쪽으로 내려가면 슈퍼마켓과 음식점 몇 군데가 있는 읍내가 나왔다. 나와 아내는 차를 타고 읍내의 슈퍼마켓으로 나와 장을 보곤 했다. 세 번째로 가게에 들렀을 때 가게주인은 배달 서비스를 권했다.

"배달을 해주는 중학생이 하나 있는데, 애가 참 괜찮아요. 그냥 전화하면 스쿠타 타고 와요. 학교 있으면 좀 늦는데, 저녁때면 거진 오 분이면 와."

주인은 가게 한쪽 벽에 붙어 있는 종이를 가리켰다. 최수범이란 이름과 휴대전화 번호가 적혀 있었다. 어린애답지 않게 반듯한 필체였다. 아내는 가게 주인의 말을 듣자마자 휴대전화를 켜고 번호를 저장했다. 아내에겐 반가운 일일 터였다. 내가 운전하는 차를 타고 읍내로 나가는 일을 아내는 불편해했다. 아들을 잃은 뒤로, 나와 단둘이서 보내는 모든 시간이 기껍지 않은 눈치였다. 나는 그 심정을 헤아릴 수 없었고, 그렇게 하고 싶지도 않았다. 아내에게 주의를 기울일 만한 힘이 남아 있지 않았다는 말이 아마 맞을 것이었다. 수범 이야기를 들은 뒤로 아내는 개를 끌고 슈퍼까지 걸어가서 필요한 물건들을 시켜놓고 다시 집으로 걸어오곤 했다. 그렇게 걷고도 저녁이면 다시 개를 데리고 나가 해 지기 직전에 집으로 돌아왔다. 남은 시간에는 개를 씻기고 먹였다. 돼지 등뼈를 말려 직접 개의 간식을 만들기도 했다. 말하자면 아내는 생활의 중심에 개를 두고 있었다. 나는 그러려니 했다. 우리 부부에게는 어떻게든 시간을 보낼, 될 수 있는 한 빨리 흘려보낼 무언가가 필요했고, 아내에게는 그것이 개였다고 이해했다. 비가 와서 개를 데리고 나갈 수 없는 날이면 아내는 만두나 떡갈비 같은 공이 많이 드는 음식을 만들었다. 사납게 고기를 다지는 아내의 뒷모습을 보고 있을 때 나는 막연한 죄책감을 느꼈다. 아내의 마음 한구석에선 분명 아들의 죽음에 관해 얼마간 나의 책임을 묻고 싶은 감정이 남아 있을 것이었다. 나는 그것도 그저 내버려두었다. 그렇게 둘 수밖에 없었으므로 그렇게 했다. 학원을 정리하고 아파트를 팔아 이곳으로 이사한 것이 나로서는 아내를 위해 할 수 있는 최선의 일이었다.

개는 아들이 데려온 것이었다. 그러므로 아들의 개였다. 지난해 봄의 이른 저녁에, 아들은 교복 셔츠 바람으로 집에 왔다. 아직 야간자율학습이 끝나지 않았을 시각이었다. 아내가 의아한 얼굴로 현관 앞에 서 있는 아들을 맞았다. 하수구에서 개를 주웠다고, 집에서 기르고 싶다고 아들은 말했다. 개? 나는 그 말을 듣고 소파에 늘어져 있던 몸을

해변의 밤

일으켰다. 아들은 교복 카디건으로 말아놓은 무언가를 안아 들고 있었다. 나는 아들의 팔을 내려 카디건에 싸인 것을 들여다봤다. 도저히 개처럼 보이지 않는, 몸집이 큰 생쥐나 족제비 같은 짐승이 보였다. 나는 개를 주운 곳에 되돌아가서 이것을 두고 오는 것이 좋겠다고 아들에게 말했다. 개가 내 말을 알아들은 것처럼 아들의 품으로 파고들었다. 아들은 한동안 현관문 앞에 선 채 집으로 들어오지도 나가지도 못했다. 개는 젖은 몸을 덜덜 떨고 있었는데, 그럴 때마다 땟물이 한 방울씩 아래로 떨어졌다. 나는 오른발로 아들의 발치에 있는 구두를 밀어냈다. 아들은 결국 개를 안고 나갔다. 그것으로 일단락이 되는 듯했는데, 며칠 뒤 아들이 아무래도 개를 데려오는 것이 좋겠다고 다시 말을 꺼냈다. 말을 듣고 보니 아들은 그동안 학교 근처의 지하주차장에 개를 데려다놓고 사료를 가져다주면서 돌보았던 모양이었다. 나는 그 말을 듣자마자 아들의 뺨을 쳤다. 지금 생각해보면 어째서 그렇게 화가 났던 것인지 모르겠다. 아들의 죽음으로부터 채 반년이 남지 않았던 날이었다.

처음 수범이 우리 집 마당에 들어왔을 때, 나는 인기척을 느끼고서도 수범을 보지 않았다. 앵두나무 묘목을 심을 구덩이를 파는 중이었다. 진갈색 흙더미 위로 어떻게 말을 붙일지 몰라 몸을 움직거리는 소년의 그림자가 졌다. 잠시 후 아내가 지갑을 들고 나와 수범을 맞았다.

"들어다 드릴게요."

나는 그 말을 듣고 고개를 돌려 뒤를 보았다. 양팔에 비닐봉지를 든 소년이 집 안으로 발걸음을 옮기고 있었다. 잠시 후 수범이 다시 마당으로 나오자 개가 수범의 옆에서 주춤거렸다. 다가가도 될 만한 사람인지 가늠하는 듯했다. 수범이 먼저 쪼그리고 앉아 손을 내밀자 개가 수범에게 다가가 배를 보이며 드러누웠다. 수범은 신이 난 얼굴로 개의 배를 쓰다듬었다. 나는 역시 수범을 그냥 두었다. 먼저 말을 꺼낸 것은 수범 쪽이었다.

"도와드릴까요?"

나는 손을 멈추고 수범을 들여다봤다. 수범은 더 놀자는 개를 다독여 돌려보내고는 차렷 자세로 마당 한구석에 서 있었다. 키가 작고 마른 체격이었고, 조금은 덥수룩해 보이는 머리카락이 눈썹을 덮고 있었다. 꽤 더운 날씨였는데 배달을 다니면서도 교복 셔츠 안에 흰 티셔츠를 받쳐 입은 것이 자연스럽게 보이지 않았다.

"아니, 됐다. 시간 때우려고 하는 거니까."

"예."

수범은 몸을 재빨리 굽혔다가 폈다. 가느다란 밤색 머

리칼이 찰랑였다. 수범이 마당을 나가자 개가 목줄을 끌며 대문 앞으로 가서 끙끙댔다. 나는 수범의 스쿠터 소리가 차츰 멀어지는 것을 귀로 쫓았다. 슈퍼 주인의 애가 참 괜찮다는 말이 무엇인지 알 듯도 했다.

나는 하루를 마당에서 보냈다. 흙을 파낸 뒤 배양토를 뿌렸고, 그 위로 다시 뗏장을 깔았다. 근처의 화원에서 묘목을 주문했다. 삽과 펜치, 농약과 영양제 등도 필요했는데 대부분은 슈퍼에서 해결할 수 있었다. 가게까지 걸어가서 물건을 주문하고 수범에게 배달을 부탁하는 식으로 나는 필요한 것들을 사다 날랐다. 가게에 들렀다가 집으로 가는 길이면 수범의 스쿠터가 달려오는 소리가 먼 뒤에서부터 들렸다. 안녕하세요, 수범은 외치듯이 인사를 하고 나를 앞질러 갔다. 내달리는 스쿠터 위에서, 수범의 머리카락은 바람에 짓눌려 납작해졌다. 집에 도착하면 수범은 물건을 마당에 부려놓고 개를 쓰다듬고 있었다. 개는 수범을 퍽 잘따르는 눈치였다. 나중에는 수범의 스쿠터 소리가 들리기만 하면 일어나서 대문 밖을 살폈다. 부엽토와 농약 분무기를 수범이 배달해주었던 날, 아내는 개의 저녁 산책을 수범에게 부탁하는 것이 어떠냐고 내게 물었다. 아들이 사두었던 자동 줄자 같은 개 목줄을 손에 쥐고서였다.

"당신 좋을 대로 해."

"응, 애가 성실해서 도와주고 싶어. 슈퍼집 남자가 그러는데 할머니랑 둘이 사는가 봐. 애 아빠는 배 타러 다니고."

나는 고개를 끄덕였다. 아내가 말을 건넨 것은 오랜만이었다. 나는 문득 아내가 이제 겨우 마흔을 넘긴 여자라는 사실을 생각했다. 오랫동안 다듬지 않아 제멋대로 뻗쳐나온 아내의 검은 머리칼이 탄력적으로 느껴져 나는 고개를 돌렸다. 생각해보면 아내가 아들과 비슷한 나이의 남자애를 아무렇지 않게 상대하는 일도 어색했다. 아내는 길거리에서 아들 또래의 아이들을 보는 일도 힘겨워했었다. 어쩌면 아내에게는 아들과 비슷한, 하지만 아들과는 전혀 관련이 없는 누군가가 필요했던 것이 아닐까 짐작했다. 물론 나에게는 그런 존재가 필요하지 않았다. 아내는 필요한 말을 마친 뒤 소파에 앉아 플라스틱 손잡이를 만지작대면서 시간을 보냈다. 아내는 그동안 그 물건을 손에 들지 못했다. 그건 아들이 샀던 강아지용 목줄이었다. 줄이 늘어났다가 줄어드는. 그걸 왜 낯모르는 남자애의 손에 쥐여줘야 하는지 알 수 없었지만, 나는 아내의 선언에 뭐라고 말을 얹지 않았다.

이튿날부터 수범은 저녁마다 마당에 들어와 개를 끌고

나갔다. 개는 수범이 마당에 발을 디디는 순간부터 앞발을 휘두르며 수범에게 치대었다. 개는 꽤 오랫동안 아들을 기다렸다. 아들의 방문턱에 배를 깔고 앉아 아파트 복도를 걷는 발소리가 들리면 귀를 쫑긋거렸다. 한번은 아들과 비슷하게 걷는 이가 있었는지 걷잡을 수 없을 만큼 오래 짖기도 했다. 개의 입장에선 어느 날 집을 나간 주인이 돌아오지 않은 것이라, 언젠가는 아들이 돌아와 저를 얼러줄 것이라 기대하는 모양이었다. 물론 기대는 오래지 않아 꺾였고, 개는 이제 아들을 잊었다. 아내는 수범을 마당에 세워두고 플라스틱 손잡이 안에 감긴 줄을 잡아당기고 고정하는 법을 알려주었다. 나는 베란다에 서서 그 모습을 가만히 지켜봤다. 손잡이를 건네받은 수범이 개의 목걸이에 달린 고리에 끈을 연결했다.

"일곱 시까지는 와."

아내는 수범의 어깨를 두드리며 그렇게 말했다. 수범이 싱글싱글 웃으면서 고개를 끄덕였다. 개는 수범을 앞서가며 길게 목줄을 늘여놓았다. 개의 걸음에 따라 연갈색 털이 가뿐하게 흔들렸다. 개를 집에 들이고 얼마 지나지 않아 아들은 고급 목줄을 주문했었다. 타원형에, 손을 꿸 수 있는 기다란 구멍이 나 있는 것이었다. 줄이 손잡이 안에 감겨 있다고, 개가 당기면 자동으로 풀려 나온다고 아들은 설명했다. 아내를 식탁 맞은편에 앉혀두고서였다. 나는 거실의 소파에 앉아 텔레비전을 틀어놓은 채로 그런 아들을 지켜봤다. 아들은 손잡이 밖으로 비어져 나온 짤막한 끈을 죽 당겨 늘여 보였다. 손잡이 안에 말려 있던 푸른색 끈이 아들이 당기는 만큼 딸려 나왔다. 아들의 표정은 어린아이처럼 천진했다. 제가 대단한 마술을 부린 것인 양. 아들이 이번에는 손잡이에 달린 버튼을 눌러 보였다. 짤깍, 하고 무언가가 절단되는 듯한 소리가 났다. 이렇게 하면 길이가 고정돼요. 아들은 말했다. 개가 아들의 품에 안긴 채 번잡스럽게 고개를 이리저리 움직이고 있었다. 개를 기르면서부터 아들은 좀처럼 내게 먼저 말을 거는 일이 없었고, 나 역시 구태여 아들에게 살갑게 굴지 않았다. 아들이 더 자라면 나아질 테니 두고 보자는 생각이었다. 그 후의 일들을 알았다면 나의 태도가 좀 달라졌을지 나는 가끔 생각했다. 부질없는 일이었다. 아들이 개의 머리에 목줄을 씌우려하자 개가 높은 소리로 두 번 짖었다. 개는 자랄수록 보잘것없는 견종인 것이 태가 났다. 체형은 진돗개와 비슷했으나, 목이 짧아 날렵하지 못했고, 털에는 연갈색 바탕에 듬성듬성 짙은 갈색이 섞여들어 얼핏 보면 흙먼지를 묻힌 것처럼 보였다. 나는 개가 싫었다. 그때도 그랬고, 지금도 그렇다.

정원은 나날이 풍성해졌다. 심어둔 묘목들이 모두 잘 자랄 경우에는 나뭇가지들 때문에 베란다에서 바깥을 내다보기 힘들 지경이었다. 만약 그렇게 되면 나무를 베겠다고 나는 생각했다. 아들을 잃고 나서는 모든 것이 아주 간결해졌다. 그건 아내도 마찬가지였다. 아내는 하고 싶지 않은 모든 일들을 하지 않았다. 아들의 죽음에 대해, 언젠가는 반드시 상술하기를 바라는 상담사와의 상담을 중단했고, 학원에 나와 업무를 보지도 않았다. 나는 상황이 좀 달랐다. 내가 없으면 학원은 돌아가지 않았다. 나는 아들을 잃고 나서도 종종 학원에 들러 강사들과 일정을 조율해야 했다. 학원을 완전히 문 닫을 시기, 모든 원생들에게 더 이상 학원이 운영되지 않음을 알려야 할 시기를 나는 결정했다. 원생들은 아들보다 조금 어린 중학생들이 대부분이었다. 드러내놓고 말하진 않아도 그들은 당분간 학원을 쉬게 되어 기뻐할 것임을 나는 알았다. 그리고 나의 소식을 전해 들은 그들의 부모가, 바다에 빠져 죽은 아이가 제 자식이 아님을 다행스럽게 여길 것도 역시 알고 있었다. 그들 중에는 아들의 친구들과 그들의 부모도 있었다. 아들과 함께 바다로 갔던 아이들도 내가 한 번씩은 가르쳤던 원생들이었다. 아들과 나란히 앉혀두고, 번갈아가며 질문을 했던, 문제집 귀퉁이를 접어 숙제를 표시해주었던 아이들. 잠 못

드는 밤이면 나는 그들 하나하나를 떠올리며 그 애들이 아들보다 못났던 점들을 하나씩 되짚었다. 초등학교에 들어가면서부터 아들은 내가 운영하는 학원에 다녔다. 그때 아들은 수업을 마치고도 나와 아내가 퇴근하는 시간까지 학원에 머물렀다. 아내는 아들이 볼 수 있는 교육용 만화책과 청소년 도서들을 학원 사무실에 가져다 놓았다. 아들은 텅 빈 강의실에 남아 그것들을 혼자 읽곤 했다. 초등학교를 졸업할 무렵부터는 아들도 중학교 선행학습반에 들어가 온종일 수업을 받았으므로 그런 일이 없었다. 아들은 몹시 산만해서, 대학생 강사들이 기가 질려했다. 원장의 아이라 크게 혼을 내지도 못하는 모양이었다. 내가 시범 보이듯이 그 애를 몇 번 나무랐고, 그래도 나아지지 않자 학원을 옮겨주었다. 그렇게 학원을 몇 번 옮기고 나서 아내는 아들을 좀 내버려두자고 했다. 결국 아들은 고등학교에 들어갈 무렵부터 영어와 수학 과외를 제외한 사교육을 전혀 받지 않았다. 아들의 성적이 나빠지는 만큼 학원에 등록하는 학생들도 그만큼 떨어져 나갔기에 낭패였다. 아내는 학원을 정리하고 다른 일을 해보자고 제안했었다. 결과적으로는 아내의 말과 비슷하게 되었다.

나는 아들에게 몇 가지를 약속받고 개를 집으로 들이는

것을 허락했다. 개를 자주 씻길 것, 축구부 활동을 그만두고 머리를 짧게 깎을 것, 한의과 대학에 입학할 수 있을 만큼 성적을 향상시킬 것이 그것이었다. 나는 그것들을 각서로 쓰게 했고, 각서에 적힌 것 중 하나라도 어길 시에는 개를 내다버리겠다고 말했다. 아들은 선선히 수락했다. 개가 식탁에 앉아 각서를 쓰는 아들의 발밑을 어정거렸다. 그때 개는 솜털이 가시지 않은 강아지였다. 녀석은 아들과 겨우 반년쯤을 함께했다. 개가 성견으로 자라기에도 모자랐던 시간이었다. 아들이 바다에 빠졌다는 전화를 받던 밤, 개는 아파트에 혼자 남겨져서 그대로 며칠을 보냈다. 딱 한 차례, 내가 혈압약을 챙기러 집에 들렀을 뿐이었다. 나를 보자마자 개는 앞발로 내 다리를 짚고 서더니 곧 혀를 헐떡였다. 그때는 그것이 밥을 달라는 표시인 줄 알지 못했다. 아들의 장례를 치르고 다시 아파트로 돌아오자 집 안은 온통 난장이었다. 개가 소파며 쿠션을 물어뜯어 내장재를 삼킨 뒤 그것을 토하고 다시 먹기를 반복했던 것이다. 아내는 상복을 입은 채로 개에게 물에 불린 사료를 먹였다. 개는 잘 먹었다.

수범이 집에 정기적으로 들르면서부터 아내는 눈에 띄게 밝아졌다. 수범은 자연스레 아내를 이모라고 부르기 시작했고, 아내는 종종 수범이 개를 끌고 나가는 산책에 동행했다. 그렇게 되면 수범에게 비용을 지불하고 개의 산책을 맡긴 일이 우스워진다고 나는 생각했다. 사정을 모르는 사람들에게 그 일은 이상하게 보일 것이었고 사정을 아는 이들의 눈에도 결코 보기 좋은 모양새가 아니었는데, 아내는 개의치 않는 모양이었다. 나는 그런 아내를 저지하지 못했다. 그러므로 어느 오후에 개의 상처를 발견했을 때에는 묘하게 기쁜 심정이었다. 잘못 자란 묘목을 뽑아내는 작업을 하던 와중에, 나는 개의 상처를 보았다. 상처는 오른쪽 골반 위에 있었다. 자세히 들여다보지 않아도 알 수 있을 만큼 뚜렷한 자국이었다. 나이프 같은 것으로 긁어놓은 듯했다. 나는 그것이 수범의 짓이리라고 확신했다. 오랫동안 아이들을 보아온 사람의 직감이었다. 상처를 더듬자 개가 끙끙대며 나를 피해 갔다. 나는 마당에서 테라스로 올라서서 아내를 불렀다.

"여보, 얘가 좀 다친 것 같은데."

아내는 대답이 없었다. 나는 거실을 가로질러 갔다. 무언가를 잘게 채 써는 소리가 평온했다. 아내는 수범이 오기 전에 간식거리를 준비했고, 수범이 도착하면 집에 들여 음식을 먹였다. 직접 만든 샌드위치나 튀김, 전 등이었다. 가끔은 아예 반찬을 한 통 만들어 들려 보내기도 했다. 나는 식탁을 손으로 톡톡 두드렸다.

"걔가 다친 거 같다니까."

"다쳤다고?"

아내는 테라스 쪽으로 나갔다. 나도 따라나섰다. 아내를 본 개가 꼬리를 치며 앞발을 공중에 버둥거렸다. 아내는 슬리퍼를 신고 마당으로 나가 개를 살폈다.

"좀 긁혔나 봐. 왜 이러지."

아내는 그렇게 말하더니 연고를 가져와 개에게 발랐다.

"걔한테 좀 조심하라고 해."

나는 나무라듯 말했다.

"걔가 뭘?"

아내는 되물었다. 마치 수범을 모함하기라도 했다는 것처럼 들렸다. 아내는 더는 말이 없었다. 나는 대답하지 않고 집으로 들어가 곧장 2층으로 올라갔다. 거기에서 마당을 내다볼 참이었다. 아내는 언제나처럼 수범에게 음식을 먹이고, 수범이 먹는 동안 두 사람은 끊임없이 이야기를 나눌 것이었다. 나는 아내와 수범이 무슨 얘기를 하는지 전혀 몰랐다. 두 사람은 늘 작은 소리로 속닥거렸고 어쩌다 내가 부엌 근처로 가서 어슬렁거리면 곧바로 대화를 중단했다. 가끔 나는 아내가 아들의 이야기를 수범에게 말해버린 것이 아닐까 불안해했다. 그런 의심은 수범이 나나 아내를 보며 옅게 웃을 때, 그러다가 나와 눈이 마주치곤 황급히 웃음을 거둘 때 솟아올랐다. 개가 다쳤던 날, 나는 2층 방문을 열어둔 채, 아내와 수범의 말소리를 들어보려 애썼다. 물론 제대로 들을 수는 없었다. 그때껏 집에 없는 척을 하다가 비척비척 아래층으로 내려가는 것도 민망스러운 일이라는 생각에 나는 2층에 머물면서 그날 저녁을 모두 보냈다. 그 이튿날은 달이 바뀌는 날이었고, 수범은 긴팔 셔츠 위에 니트 조끼를 입는 춘추교복을 입고 개를 데리러 왔다. 아직 그렇게 입기에는 날이 더웠지만 넥타이를 느슨하게 하지도 소매를 걷어 올리지도 않은 채였다. 나는 테라스로 나가 수범을 불렀다. 개를 쓰다듬던 수범이 내 쪽으로 다가왔다. 한 손에 길에 늘어뜨린 개의 목줄을 감아쥐고서였다.

"너 그거 얼마짜리인 줄 아니?"

나는 수범의 오른손을 가리켜 보였다.

"아니요."

수범은 제 손에 들린 것을 내려다보지도 않은 채 웃는 듯 마는 듯한 표정으로 답했다.

"조심해서 다뤄야 해."

나는 말했다. 수범은 고개를 한 번 수그려 보였다. 목덜미와 귓바퀴가 햇빛으로 붉게 달아올라 있었다. 나는 순

충동적으로, 냉장고에서 맥주 두 캔을 꺼내 왔다. 아내가 밖으로 나오길 기다리던 수범이 의아한 표정으로 그런 나를 바라봤다.

"술 좀 하지? 이거 하나 마시고 가라."

나는 수범에게 캔 하나를 건네준 다음 먼저 맥주를 한 모금 들이켰다. 쓰고 차가운 액체가 목구멍을 따라 울컥울컥 내려갔다. 수범은 캔을 든 채 나와 아내를 번갈아 봤다. 그때서야 나는 아내가 그동안 마당 한구석에 서서 나를 지켜보고 있었다는 것을 깨달았다. 나를 말리지도, 수범에게 술을 마시라고 격려하지도 않은 채 아내는 가만히 내 발끝을 보고 있었다.

"저 술 못 해요."

자신의 눈짓에도 아내가 별말이 없자 수범은 다시 내게 캔을 내밀었다.

"열여섯 살이면 인제 한잔해도 되는데."

나는 그것을 테라스 난간 위에 올려놓으며, 마치 이 애의 삼촌이라도 되는 듯이 중얼거렸다. 내 목소리가 정말로 좀 섭섭하다는 듯이 들려서 나조차도 의아한 심정이었다. 수범이 개를 데리고 나간 뒤, 아내는 캔을 따서 내가 심어놓은 앵두나무 밑동에 쏟았다. 배양토를 뿌려놓은 흙 위로 희고 탁한 맥주 거품이 천천히 스며들었다.

아들은 약속했던 일들을 성실히 이행했다. 이튿날 바로 머리를 짧게 깎았고 축구부 활동도 곧 그만두었다. 학교에서 야간자율학습을 마친 후에는 학원 자습실로 이동해 늦게까지 공부했다. 아내는 아들이 공부를 마칠 때까지 학원 사무실에 남아 있다가 아들과 함께 귀가하곤 했다. 그동안 나는 먼저 퇴근해 있었다. 퇴근하여 문을 열고 들어가면 집은 불이 꺼져 있어 어두웠고 대체로 쥐 죽은 듯 조용했다. 내가 들어오는 소리가 나면 개는 아들의 방으로 피신하는 듯했다. 나는 집에 혼자 있던 그 시간을 즐겼다. 아내가 차려두고 나간 저녁밥을 먹고 나서는 소파에 누워 잠을 자거나 맥주를 마시면서 스포츠 중계방송을 봤다. 그마저도 물리면 컴퓨터를 켜서 인터넷으로 바둑을 두었다. 아내와 아들의 귀가가 늦어지는 날에는 중국음식이나 돼지고기 보쌈을 배달시켜 먹기도 했는데, 그때만큼은 개가 거실로 나왔다. 나와서는 그저 바닥에 배를 붙이고 앉아 음식을 먹는 나를 지켜봤다. 음식을 주겠다는 시늉을 해도 좀처럼 다가오지 않았다. 한번은 탕수육 한 조각을 멀리 던져주자 내 눈치를 보며 주워 먹더니, 그게 원인이 되어 탈이 났었다. 그 뒤로는 아내가 내 저녁상을 보고 나서 개를 학원으로 데려갔다. 개는 그 시간을 무척 기다리는 모양이었다. 현관문 근처를 서성이는지, 신발 위에 개털이 쌓여 있곤 했다. 나는 아침마다 구두를 뒤집어 그것을 털어냈다.

아들이 집을 뛰쳐나갔던 날, 밤늦게 아들의 친구로부터 전화가 왔다. 나는 침대에 누워 오랫동안 울리는 전화벨 소리, 이윽고 아내가 거실로 나가는 소리를 들었다. 그러다 아주 잠깐 동안 다시 잠들었는데 아내가 나를 깨웠다.

"여보, 영환이가 바다에 빠졌대."

나는 아내가 꿈을 꾼 것이 아닐까 생각하다가 잠을 떨치고 일어났다. 바다라는 단어가 귀에 걸려 좀처럼 상황을 이해하기 어려웠다. 나는 머리맡의 휴대전화를 집어 들고 아들에게 전화를 걸었다. 전화기는 꺼져 있었다. 일어나서 아들의 방으로 가보니 책가방과 교복과 컴퓨터, 입식 옷걸이, 곤히 잠든 개가 아들의 방에 그대로 있었다. 모든 것이 있어야 할 곳에 있었다. 나는 불을 끄고 아들의 방을 나왔고, 아내와 함께 만리포로 갔다. 운전하는 동안 아내는 아들에 대해 이것저것을 중얼거렸지만 나는 알아듣지 못했다. 도로변에서 손을 흔드는 남자애들을 보고 나는 차를 갓길에 세웠다. 아들의 친구이자, 내가 가르쳤던 학원생들이었다. 그 애들이 우리를 해변으로 데려갔다. 끊임없이 무어라고 중얼대면서였다. 입에서 술 냄새가 짙게 풍겼다.

"선생님, 그게요, 우리가 위험하다고 분명히 말했는데
요⋯⋯."

차에서 내린 아내는 그 애에게 거의 몸을 맡기다시피 의
지해가며 걸음을 옮겼다. 나는 혼자 걸었다. 해양경비대원
과 아들의 친구들, 그리고 아무 상관도 없는 행락객들이
길게 가로놓인 흰 천을 둘러싸고 있었다. 나와 아내가 다
가가자 해양경비대원 하나가 흰 천을 거두어 시신의 상반
신을 내보였다. 생김새는 분명 아들이었는데 젖은 머리칼
이며 눈을 감은 얼굴이 아들처럼 보이지 않았다. 가슴팍의
까만색 문신에 시선이 닿았을 때 나는 무언가가 잘못되었
다고 확신했다.

"착오가 있었나 본데, 내 아들은 여기에 문신이 없습니
다. 내 아들이 아니오."

나는 아들을 건져 올린 해양경비대원들에게 그렇게 말
했다. 내가 말을 끝맺는 순간, 내 뒤쪽에 서 있던 아내가 실
신했다.

아들의 시신을 실은 앰뷸런스 뒤로 아내를 태운 앰뷸런
스가 뒤따랐다. 나는 직접 운전해서 대열을 따라갔다. 도
중에 해가 떠올라 날이 밝아졌고 도로에 면한 바다가 여러
각도로 햇빛을 반사했다. 나는 학원에 전화해서 상황을 알
렸다. 그때서야 아들의 죽음이, 바다에서 건져진 시신이 바

로 내 아들이란 사실이 자각되었다. 걷잡을 수 없이 눈물
이 흘렀다. 회색 아스팔트 도로와 앰뷸런스의 경보등이 넘
실거렸다. 아들이 온몸으로 맞았을 억센 바닷물을 나는 생
각했다. 너무 늦은 일이었다. 아들이 바다로 가던 날 저녁,
아들의 모의고사 성적표가 집으로 날아왔고 나는 개를 버
리겠다고 아들과 실랑이를 했다. 내가 개의 사료와 밥그릇
을 들고 현관문 앞으로 다가갔을 때, 아들이 나를 밀치고
집을 나갔다. 아들의 마지막 모습이었다.

　아내를 뒤따라 다시 마당으로 나왔을 때, 수범은 옅게
웃고 있다가 우리를 보고 표정을 가다듬었다. 나는 아내도
보았을까 싶어 아내 쪽을 흘끗거렸지만 아내가 눈치챘는
지는 알 수 없었다. 아내는 개를 어디서 잃어버렸는지, 어
쩌다가 잃어버렸는지 물었지만 수범은 중언부언이었다.
입에서는 미미하게 술 냄새가 풍기는 듯했다.
　"저 놈 취했어."
　나는 수범에게 이것저것을 캐묻는 아내의 옆에서 말했
다. 수범도 들릴 만한 거리였고, 들으라고 한 말이었다. 아
내는 수범을 돌려보냈다. 아마도 수범이 다시 우리 집에
올 수는 없을 거라고 나는 생각했다. 나는 아내를 조수석
에 태운 채 동네를 돌았다. 수범의 말대로 펜션 몇 채가 들

어서 있는 산자락 쪽으로 올라갔다가 다시 동네로 내려왔다. 자동차로 갈 수 있는 거의 모든 길을 달렸다. 이제 그만 집으로 돌아가서 개를 기다려보자고 내가 말했을 때, 아내는 막연한 질문을 던졌다.

"당신 그거 알아?"

"뭐?"

"영환이가 문신해놓은 거, 그거 개 이름이야. 지단."

나는 차를 멈추고 아내를 건너다봤다. 아내는 헤드라이트 불빛으로 하얗게 밝아진 아스팔트 바닥을 내다보고 있었다. 바닥에는 아무것도 없었다.

집으로 돌아온 아내는 컴퓨터를 켜고 간단한 전단을 만들어 프린트했다. 개의 사진과 아내의 휴대전화 번호와 함께 '개를 찾습니다, 이름 지단, 남아, 사례금 드립니다'라고 적힌 것이었다. 그것을 붙이러 나가려고 보니 자정에 가까운 시간이었다. 만리포로 운전해 가던 밤이 떠올랐다. 그때처럼 나는 아내를 태우고 캄캄한 밤 속으로 차를 몰고 있었다. 차가운 바닷물이 나를 떠미는 듯했다. 나는 여기가 바다 한가운데이기를, 바다 아래로 가라앉고 있는 이가 나이기를 바랐다. 하지만 나는 수면 위로 떠올라 있었고, 한없이 밀려가는 중이었다. 어딘가 낯선 곳, 아들도 아들의 개도 없는 곳으로. 아내가 차를 멈추어달라고 말했고, 나는 차를 세웠다. 아내는 재빨리 차에서 내려 전봇대에 전단을 붙였다. 나는 그사이에 눈물과 눈곱을 닦아냈다. 아내는 전단을 붙일 수 있는 모든 곳에서 차를 멈추게 했다.

놀랍게도 개를 찾았다는 연락은 왔다. 아내가 전화를 받았다. 통화를 하는 동안 수화기를 움켜잡고 있던 아내는, 전화를 끊고 나서 개를 찾은 것 같다고 내게 말했다. 개를 잃어버린 지 한 달이 다 되어가던 날이었다. 나는 알았다고 고개를 끄덕이고 서랍에서 오만 원권 스무 장을 꺼내 흰 봉투에 담았다. 약속 장소는 읍내의 버스 정류장이었다. 나는 아내를 차에 태우고 그곳으로 갔다. 두터운 점퍼를 입은 남자가 개를 데리고 정류장 벤치에 앉아 있었다. 노끈으로 개의 목을 묶어 그 한쪽 끝을 쥔 채였다. 나는 개를 내려다봤다. 깡마르고 더러운 개가 몸을 떨고 있었다. 연갈색 털이나 몸의 크기는 그럭저럭 비슷했지만, 우리가 잃어버린 개처럼 보이지는 않았다.

"어디서 찾으셨습니까?"

"길바닥에 누워 있습디다. 내가 찾았을 땐 이 모양이었어. 내가 뭘 한 게 아니라."

남자가 나를 올려다보며 말했다. 아내는 무릎을 굽히고

개를 쓰다듬었지만 개는 반응하지 않았다. 이름을 불러도 마찬가지였다. 남자는 개를 찾아왔으니 돈을 달라고 했다. 아내가 나를 올려다보며 고개를 끄덕였다. 나는 남자에게 봉투를 건넸다. 남자는 봉투에서 돈을 꺼내 두 번 세고는 정류장을 떠났다. 아내는 개를 데리고 차로 들어갔다. 내가 운전석에 올라탔을 때, 아내는 동물병원부터 가자고 했다.

"이젠 다 상관없어."

뒷좌석에서 개를 어르며 아내는 그렇게 말했다.

개가 없어졌던 밤, 아내는 침실로 들어오지 않았다. 나는 침대에 누운 채 위층에서 들려오는 발소리, 잠겼던 문이 열리고 닫히는 소리를 들었고 아내가 아들의 물건을 모아 놓은 방에 있음을 알았다. 새집에서 아들의 물건은 2층의 작은 방에 보관되었는데, 나도 아내도 그 방으로 들어가지 못했다. 아들의 교복과 책가방, 좋아하던 축구선수의 포스터, 아끼던 축구화 따위에 대해서 나는 골똘해졌다. 한 시간쯤 흘렀을까. 아내의 울음소리가 들려왔다. 나는 자동차 열쇠를 챙겨 밖으로 나갔다. 읍내에 딱 한 군데 있는 편의점에 갈 작정이었다. 술을 사야겠다고 생각했다. 운전석에 앉아 시동을 걸자 조금은 마음이 차분해졌지만, 그래도 술이 필요하다는 생각에는 변함이 없었다. 차는 어느 때보다 부드럽게 도로를 달렸다. 나는 액셀을 지그시 눌러 밟았다. 이 모든 것이 정해진 수순 같다는 생각을 했었다. 커다란 개 한 마리가 길 한가운데로 뛰어 들어온 것이 그때였다. 나는 차를 급히 멈추었다. 아들이 주워 왔던 바로 그 개가 도로를 벗어나 흙이 파헤쳐진 휴경지로 달려가고 있었다. 나는 차에서 내려 개를 부르려고 했다. 하지만 개의 이름이 떠오르지 않았다. 그저 유명한 축구선수 이름이었는데, 하는 생각만 머릿속에서 맴돌았다. 개가 들판을 달려서 어둠 속으로 사라졌다. 영원히, 라고 생각했다. 그 밤, 개를 영원히 잃어버렸다고.

주
례

남자는 승객들 사이를 오가며 수지침 볼펜을 하나씩 나
누어 줬다. 그러고는 열차 한가운데 서서 고무로 만든 커
다란 의수에 침을 놓았다. 의수 위에는 매직으로 여러 갈
래의 길이 그어져 있었고, 심장, 허파, 간, 생식기 따위가
적힌 스티커가 붙어 있었다. 남자는 기관지라고 써 붙여놓
은 가운뎃손가락 둘째 마디를 수지침으로 찔렀다.

　"담배 많이 태우는 사장님들, 아침저녁으로 여기 한 번
씩 찔러줘봐. 기침, 가래가 딱 끊기고요. 목소리가 달라져
요, 목소리가."

　경목은 남자가 무릎 위에 올려둔 볼펜을 만지작대다가
지갑을 꺼냈다. 좋은 날이니만큼 오천 원쯤 선심을 써도
괜찮을 것 같았다. 잠시 뒤면 그의 제자 용주가 한 여자를
아내로 맞을 예정이었다. 무더위가 한창이던 지난여름, 제

자 용주는 그에게 주례를 부탁했다. 경목으로서는 제법 오랜만의 일이었다. 은퇴 전까지 그는 두어 해에 한번 꼴로 주례를 부탁받았다. 장성한 제자들이 양주를 사들고 옛 스승을 찾아와 청첩장을 전해주곤 했다. 경목은 그런 제자들을 반갑게 맞았다. 주례를 서는 날이면 아침 일찍 일어나 가장 좋은 양복을 차려입었고, 주례사는 언제나 직접 썼다. 평생에 단 한 번뿐인 특별한 날이니만큼 진심으로 제자들의 미래를 축원해주고 싶었다. 그러나 육 년 전을 마지막으로 제자들은 더 이상 경목에게 주례를 청하지 않았다. 그해에 경목은 정년 퇴임 했고, 이듬해에는 아내와도 갈라섰다.

"이제 나 할 일은 다 한 것 같아."

아내는 그렇게 말하며 이혼 서류를 내밀었다. 딸이 아이를 낳고 두어 달쯤 지나서였다. 이제 아내는 딸네 집 근처의 오피스텔에서 혼자 살았다. 낮 동안에는 딸의 집에 머물며 손녀를 돌보고 살림을 챙기다가, 딸이나 사위가 퇴근하면 오피스텔로 돌아가는 생활을 하는 모양이었다.

"감사합니다, 선생님."

남자가 경목의 손에서 지폐를 빼내며 말했다. 남자는 열차 구석으로 가서 지폐를 정리해 복대에 집어넣은 뒤 의수와 볼펜이 담긴 수레를 끌고 다음 칸으로 이동했다. 경목은 자리에 앉은 채 수지침으로 제 손 여기저기를 찔러보았다. 위장이라고 적혀 있던 중지 아래쪽을 찌르자 트림이 올라왔고, 경목의 옆자리에 앉아 있던 여자가 일어서서 열차 문 앞으로 걸어갔다. 경목은 여자의 뒷모습을 잠시 바라보다가 시선을 돌렸다. 용주가 제안했던 대로 차를 얻어 타는 것이 나았을까 싶었다. 용주는 결혼식 당일에 친구를 보내주겠다고 했지만 경목이 거절했다. 식장이 가깝기도 했고, 초면인 젊은이와 단둘이 차를 타는 일이 불편한 탓도 있었다. 경목은 수지침으로 손바닥을 한 번 더 찔렀다. 뭉근한 통증이 느껴졌다. 전철은 어느새 한강 다리위를 달리고 있었다. 창밖으로 햇볕을 받아 반짝이는 물결이 보였다. 경목은 제자 앞에 펼쳐질 삶에 대해 생각했다. 용주는 이제 서른 살이었고, 아마 자신이 더 이상 젊지 않다고 여길 것이다. 결혼도 했으니 전보다 안정적으로 삶을 꾸려갈 거라고도 생각하겠지. 그러나 진짜 남자의 삶은 이제 시작이었다. 이전에 겪었던 고난 같은 것은 그저 연습 게임이었다는 것을 용주는 곧 깨닫게 될 것이다. 경목은 주례사에 적지 못한 말들을 두서없이 떠올렸다. 용주, 너는 기쁘게 결혼 소식을 전했지만, 글쎄, 봄은 금방 지나간다. 곧 여름이 오고 그다음엔 가을이 지나 겨울이 오지. 네가 힘겹게 군생활을 버틴 대가로 아내와 자식은 좋은 옷을 입고 좋은 음식을 먹게 되겠지. 너는 그렇게 아내와 자식에게 모든 것을 빼앗길 거야. 모든 것을 강탈당하겠지. 그리고 버려질 거야. 그것이 남자의 삶이니까. 결혼하는 제자에게 하고 싶은 진심 어린 주례사란 그런 것이었다. 하지만 신혼여행을 마친 용주가 찾아올 때면 그런 말을 할 수 있을까 싶었다. 아마 어려울 것이다.

용주의 연락이 왔던 것은 세 달 전이었다. 녀석은 전화를 걸면서도 장난스럽게 '충성' 하고 경례를 했다. 경목은 자연스레 십여 년 전 용주가 군복을 입고 교무실로 찾아오던 날을 떠올렸다. 사관학교 편입에 성공했다며 용주가 케이크와 꽃다발을 들고 인사를 왔었다. 교사로서 성취감을 느낄 수 있었던 몇 안 되는 순간이었다. 돌이켜 보면 용주는 학창 시절부터 경목을 잘 따랐다. 3학년 때에는 경목이 담임을 맡은 반 반장이 되어 경목 대신 야간자율학습을 감독하기도 했는데, 그 덕에 엄석대라는 별명도 얻었다. 다른 교사들은 엄 반장 덕분에 한결 편하겠다며 경목에게 농담을 하곤 했다. 녀석이 그렇게나 바라던 육군사관학교에 불합격했을 때 경목은 학교 근처의 포장마차로 용주를 불러 술을 사주었다. 제자와 단둘이 술을 마신 것은 그때가 처음이자 마지막이었다. 다른 학생들은 대체로 경목을 어려

위했다. 용주만큼 넉살 좋은 녀석은 드물었다. 용주만 한
녀석이 없었다.

"선생님, 저 장가갑니다."

수화기에 대고 용주는 그렇게 말했다. 용주의 목소리는
여전히 앳되게 들렸다. 얼굴도 마찬가지였다. 청첩장을 주
겠다며 용주가 찾아왔던 날, 경목은 옛 제자를 한눈에 알
아보았다. 얼굴선이 조금 두터워졌을 뿐 용주는 여전히 고
등학생 같았다. 어쩌면 일찍 철이 들어 어릴 적 모습과 장
성한 모습이 비슷해 보이는 것일지도 모른다고 경목은 생
각했다. 두 사람은 경목의 집 근처 카페에 마주 앉아 담소
를 나누었다. 경목이 조회 시간이면 언제나 양복을 입던
것이나, 잘못을 저지른 학생더러 체벌받을 몽둥이를 직접
고르게 하던 일, 주번을 맡은 학생에게 만 원씩 용돈을 주
던 일들을 용주는 기억했다.

"다른 반 애들이 다 부러워했어요. 그때는 만 원이 큰돈
이었잖아요."

경목은 너스레를 떠는 제자를 바라보며 웃었다. 옛 제자
와 오래전 이야기를 즐겁게 이야기하는 상황이 그는 기뻤
다. 아내와 딸이 모두 떠난 뒤 경목은 울적한 나날을 보내
고 있었다. 그럭저럭 지내다가도 두 사람의 부재가 느껴질
때면 무언가가 무너져 내리는 듯한 기분에 사로잡혔다. 특

히나 딸의 전화를 받을 때가 그랬다. 딸은 일주일에 한 번, 금요일 저녁에 전화를 걸어왔다. 그러고는 손녀에 대해서 십 분쯤 떠들었는데, 그것 말고는 아버지와 대화할 수 있는 주제가 없었다. 경목은 딸이 그저 의무감 때문에 자신에게 연락해온다는 사실을 알면서도 딸의 전화를 반가워했다. 가끔은 통화를 이어가기 위해 괜스레 아내의 안부를 묻기도 했다.

"엄마야 잘 지내죠. 아시잖아요."

"그래, 알다마다."

경목은 그렇게 답하며 전화를 끊어야 했다. 경목이 먼저 딸에게 전화를 거는 일은 없었다. 물론 그러고 싶었던 적은 많았고, 몇 달 전에는 정말로 딸아이의 위로가 필요하다고도 생각했다. 집 근처 마트에서 옛 제자를 마주쳤던 날이었다. 냉동식품 코너를 서성이던 경목에게 서른대여섯쯤 되어 보이는 여자가 다가와서는 인사를 했다. 옛 제자가 알은척을 하는 일은 종종 있었으므로 경목은 심상하게 인사를 받았다. 결혼은 했는지, 요즘엔 무슨 일을 하는지 묻고 지나쳐 가면 될 일이었다. 그러나 여자는 그런 질문에 대답하지 않고 엉뚱한 소리를 했다.

"선생님, 저는 학교 다닐 때 선생님이 좋은 분이라고 생각했는데요. 저도 부모가 돼보니까요, 아니에요."

여자는 들고 있던 라면봉지가 부스럭거릴 정도로 손을 떨면서 말을 이었다.

"왜 선생님이 서랍 열어서 보여주면서 어떤 걸로 맞을지 고르라고 했잖아요. 그러면서 얇은 매 고르면 더 때리고요. 선생님, 그러면 안 되는 거예요."

그날 경목은 마트에서 아무것도 사지 않고 돌아왔다. 미친 여자에게 봉변을 당했을 뿐이라고 생각하면서도, 양손으로 라면봉지를 쥐고 있던 여자의 얼굴이 잊히지 않았다. 용주와 카페에 마주 앉아 있던 날에도 사실 경목은 그 이야기를 털어놓고 싶었다. 애 용주야, 내가 장 보러 갔다 별일을 다 당했다, 하고 같잖다는 듯 떠들어대고 싶었다. 그러나 경목은 끝내 그 이야기는 하지 않았다. 대신 제자가 선물한 구두 상품권을 반팔 셔츠 가슴주머니에 챙겨 넣으며, 이것은 쓰지 않겠다고, 자부심의 증거로 간직하겠다고만 다짐했다. 경목은 지갑을 열어 상품권이 잘 있는지 다시 한번 확인했다. 그러고 나서 고개를 들었을 때, 경목은 자신이 내려야 할 역을 지나쳤다는 것을 알았다.

웨딩홀 건물의 안내데스크를 맡고 있던 직원이 김용주 군의 결혼식은 7층 코티지홀에서 열린다고 말해주었다. 식이 시작되기까지는 아직 시간이 남아 있었지만, 좀 더 일찍 도착했어야 했다. 한복을 차려입은 여자들과 함께 엘리베이터를 타고 올라가는 동안 용주가 아닌 다른 제자들도 만나야 한다는 생각에 마음이 더욱 초조해졌다.

"그날 다른 친구들도 많이 올 거예요. 다들 선생님 뵌다고 좋아했어요."

용주는 그렇게 말했다. 엘리베이터가 7층에 멈추자 한복을 입은 여자들이 치맛자락을 쥐고 느릿느릿 엘리베이터에서 내렸다. 식장 바깥의 복도는 사람들로 북적거렸지만, 다행히 식장 입구가 바로 보였다. 경목은 서둘러서 식장에 들어갔다. 둥근 원탁에 하객들이 둘러앉아 있었고, 경목이 들어서는 순간 음악과 함께 신부 입장이 시작되었다. 멀리서 주례자 앞에 서 있는 용주의 뒷모습이 보였다. 경목은 잠시 동안 숨을 고르며 제자를 바라보았다. 자신이 너무 늦은 것일까 생각해봤지만, 그렇지는 않은 것 같았다. 경목이 기억하기로 식은 1시부터였고, 손목시계는 12시 47분을 가리키고 있었다. 경목은 당황한 채로 손목시계의 초침이 분주하게 움직이는 것을 내려다보았다. 그러는 동안 결혼식은 계속 진행되어서, 주례자가 던진 농담에 하객들이 웃음을 터뜨렸다. 요즘에는 웨딩홀에 고용된 전문 주례자들이 있다고 용주는 말했었다.

"저는 정말 이해가 안 가더라고요. 그래도 일생에 한 번 있는 일에 모르는 아저씨 세워놓고 그게 뭐예요."

　어쩌면 제자는 고약한 농담을 하기 위해 자신을 찾아왔을지 몰랐다. 경목은 주변의 젊은이들, 용주 또래의 청년들을 둘러봤다. 경목의 곁에 서 있던 청년 하나가 그런 경목을 의아하다는 눈빛으로 잠시 바라보다가 시선을 거두었다. 경목은 마트에서 마주쳤던 여자를 떠올렸다. 경목과 눈을 마주치지 못한 채 경목의 어깨 너머 어딘가를 분주하게 훑어보던 눈을 경목은 기억하고 있었다. 잠시 후 경목은 식장을 천천히 빠져나왔다. 그리고 식장 복도에 마련된 기다란 소파에 주저앉았다. 늦은 것에 대해 제자에게 사과해야 할지, 아니면 잠시 늦은 일로 다른 사람을 주례로 세운 제자에게 화를 내야 할지 알 수 없었다. 그렇게 시간이 얼마쯤 흘렀을 때 제복을 입은 군인 두 사람이 경목이 앉아 있던 소파 옆자리에 나란히 앉았다. 한 손에는 예식용 검을, 다른 한 손에는 원통형 모자를 쥐고 있느라 앉은 자세가 편치 않아 보였다. 경목은 두 청년을 바라보다가 의자에서 일어섰다. 그리고 자신이 잘못된 식장으로 들어갔으며, 조금 전 자신이 본 신랑은 용주가 아니었다는 사실을 깨달았다. 경목은 자신이 들어갔던 식장 앞으로 되돌아갔고, 그곳은 용주의 결혼식이 열리는 코티지홀이 아니라 채플홀이라는 것을 확인했다. 입구 바로 앞의 입식 안내판에 그렇게 적혀 있었다. 경목은 식장 입구를 빙 돌아서 채플홀 반대편에 있는 코티지홀로 향했다. 그러나 제자의 결혼식은 이미 끝나가고 있었다. 식장에 들어서자 하객들이 단상 위로 올라가 있는 풍경이 경목의 눈에 들어왔다. 마지막 순서로 사진을 찍는 모양이었다. 경목은 제자와 제자의 신부, 그리고 그들의 지인들을 바라보았다. 그들은 즐거워 보였다. 주례자가 오지 않아 소동이 있었을 거라고는 생각할 수 없었다. 용주가 사진사의 지시대로 신부의 뺨에 입을 맞추자 나머지 하객들이 신혼부부를 향해 익살스러운 표정을 지어 보였다. 경목은 용주가 자신을 발견하기 전에 이곳을 떠나야겠다고 생각했다. 그리고 무심코 주머니에 손을 넣었을 때, 오는 길에 샀던 수지침 볼펜이 손에 잡혔다. 경목은 오른손으로 펜을 잡아 왼손 손바닥을 찔러보았다. 한 번, 그리고 또 한 번. 통증이 뭉근하게 손바닥 전체로 퍼져나갔다.

태풍을 기다리는 저녁

태풍이 북상한다는 예보가 있었지만 유준과 도경이 휴
게소에 도착할 때까지 날은 화창하기만 했다. 유준은 태풍
의 경로에 대해 이야기 중인 라디오 방송을 끄고 차에서
내렸다. 기상캐스터는 태풍의 진입이 늦어지는 이유에 대
해 한참을 떠들었는데, 결국 태풍이 오는지 마는지는 확언
하지 못했다. 하기는 저치들은 어제도 틀렸지, 유준은 차에
서 내려 탁 소리 나게 문을 닫으며 생각했다. 어제의 예측
대로라면 유준과 도경은 지금 태풍의 영향권에 들어가 있
어야 했다. 그러나 하늘은 맑았고 바람도 거의 없었다. 오
히려 햇살이 따갑게 느껴질 만큼 화창한 날이었다.

　"나 오래 걸려."

　유준을 따라 차에서 내린 도경이 말했다.

　"커피 사놓을게. 아이스로 할 거지?"

유준이 뒤돌아 도경을 바라보며 물었다. 햇빛 때문에 눈
이 저절로 찌푸려졌다. 도경은 한 손으로 해를 가린 채 고
개를 끄덕였다. 유준과 마찬가지로 얼굴을 찡그리고 있었
는데, 그것이 햇빛 때문인지 다급한 볼일 때문인지는 알
수 없었다. 유준은 미간을 찌푸린 도경을 바라보다가 문득
그에게 몇 가지 생활 수칙을 일러주던 도경의 모습을 떠
올렸다. 신혼여행을 마치고 막 세간이 갖춰진 아파트로 들
어갔을 때였다. 도경은 비닐 포장이 벗겨지지 않은 소파에
앉아서, 결혼 뒤에도 서로에게 약간은 거리를 둬야 한다는
얘기를 꺼냈다. 도경의 표현에 따르면 그건 '로맨틱한 거
리'로, 부부 사이에 확보해야 할 최소한의 간격이었다. 그
간격을 확보하지 못하면 나중에는 서로를 아이들 엄마 아
빠로만 생각하게 될 거라고 도경은 경고했다. 유준은 그
생각에 전적으로 동의하지는 않았지만 도경의 불안을 십
분 이해했으므로 '로맨틱한' 생활 수칙을 따라주었다. 온
종일 집에만 있는 날에도 무릎이 튀어나온 트레이닝 바지
나 목이 늘어난 티셔츠는 입지 않았다. 큰일을 볼 때면 반
드시 환풍기를 켜놓은 다음 화장실에 들어갔다. 가끔은 엠
티에 참석한 대학 신입생이 된 것 같은 기분이 들어 헛웃
음이 났지만, 스무 살 남자애의 기분을 서른 넘어 느끼는
것이 그렇게 나쁘지만도 않았다. 그게 불과 이 년 전의 일

들이었다.

유준은 휴게소 안의 도넛가게에 들어가 아이스아메리카노 두 잔을 주문했다. 매장은 꽤 넓었지만 손님은 그를 제외하고 젊은 여자 둘뿐이었다. 유준은 도넛 진열장 앞을 서성이며 음료가 나오길 기다렸다. 진열장에는 도넛들이 종류별로 놓여 있었다. 그는 도넛도 몇 개 사볼까 생각하다가 그만두었다. 여기서 먹고 갈 만한 분위기는 아닌 듯했고, 차 안에 빵 부스러기를 흘리기도 싫었다. 주문한 커피가 나오자 유준은 양손에 컵을 하나씩 들고 화장실 쪽으로 걸어갔다. 지금쯤이면 도경도 볼일을 마치고 밖으로 나왔을 듯했다. 그러나 여자화장실 문턱까지 다가갔을 때도 도경은 보이지 않았다. 다시 도넛가게로 돌아가봐도 마찬가지였다. 유준은 매점 앞에 마련된 테이블들을 훑으며 도경을 찾다가 마침내 흡연부스 유리창 너머로 익숙한 옆모습을 발견했다. 도경은 화장실 옆에 마련된 직육면체 모양의 흡연부스 안에서 담배를 태우고 있었다. 유준은 도경의 모습이 낯설어서 부스 안으로 들어가지 못한 채 바깥에 잠깐 서 있었다. 도경이 담배를 피우는 모습을 처음 본 건 아니었다. 두 사람은 모두 흡연자였는데, 결혼 후 아이 가질 준비를 하면서 함께 금연을 시작했었다. 언제부터 도경이 다시 담배를 피우게 된 것인지 유준은 알지 못했다. 유리창 밖에 서 있는 유준을 발견한 도경이 담배를 재떨이에 비벼 끈 다음 유준에게 손을 흔들어주었다. 도경은 흰 바탕에 푸른색 꽃무늬가 큼직하게 박힌 원피스를 입고 있었는데, 도경이 움직이자 푸른 꽃들이 일제히 일렁거렸다. 유준은 커피를 들고 있던 한쪽 손을 위로 들어 도경에게 답했다. 컵에 든 얼음이 달캉달캉 부딪치는 소리가 들렸다. 곧 도경이 부스의 문을 열고 밖으로 나왔다. 유준은 도경에게 커피를 건네주었다.

"날이 좋네."

도경은 말했다.

"그러게. 일기예보가 틀렸나 봐."

유준은 태풍이 올지 모른다고 생각하면서도 그렇게 말했다.

이번 여행은 도경이 제안한 것이었다. 유준은 그 사실이 의미 있다고 생각했다. 아이를 갖는 일을 완전히 포기한 뒤 두 사람은 우울한 나날을 보냈다. 유준보다 도경이 더 그랬다. 그럴 수밖에 없었다. 아이를 갖는 일에 더 적극적이었던 건 유준보다는 도경이었으니까. 유준이 불임 판정을 받은 후 도경은 불임 전문 병원을 알아내 유준을 데려갔다. 용하다는 한의원을 찾아가 약을 지어 오기도 했다. 그렇게 몇 달 동안 애써오던 치료를 포기할 무렵에 설상가상으로 도경의 전남편이 캐나다에서 돌아오지 않겠다는 소식을 전해왔다. 그곳에 완전히 정착하게 된 모양이었다. 전혀 예상하지 못한 일도 아니었건만 도경은 그 일로 또 한 번 무너졌다. 그건 곧 제 아빠를 따라간 딸아이와 영영 요원해진다는 뜻이었으니까. 유준이 퇴근하고 집으로 돌아가면 도경은 집에 불도 켜놓지 않고 텔레비전을 보고 있었다. 그러다가 늦은 밤이 되면 딸아이에게 국제전화를 걸었다. 전화 후에는 아이가 점점 한국말을 잊어버리는 것 같다며 눈물을 보이는 것이 순서였다. 그런 도경을 다독여야 하는 사람은 온종일 격무에 시달린 유준이었다. 이번 나들이를 계기로 그런 날들이 지나가 주기를 유준은 바랐다. 다행히 오늘 아침 도경은 기분이 좋아 보였다.

목적지에 가까워 왔을 때 도경은 마트에 들러야 한다고 유준에게 말했다. 펜션을 예약할 때부터 몇 번이고 들었던 말이었다. 펜션 사장은 고속도로를 빠져나오자마자 보이는 3층짜리 대형마트에서 고기나 상추 같은 것들을 사 와야 한다고 강조했다. 거기를 지나치면 제대로 된 마트가 없다는 것이었다.

"우리 필요하지 않은 걸 사보자."

도경이 차창을 열면서 말했다. 바람결에 도경의 진갈색 머리카락이 흩날렸다.

"필요하지 않은 거?"

"마트에서 말이야. 소풍 가는 거니까 예쁘고 신나는 걸 하나씩 사보는 거야. 난 모자를 살게. 날이 좋으니까 챙 넓은 모자를 쓰고 싶어."

아, 유준은 짧은 감탄사를 내뱉으며 예쁘고 신나는 것에 대해 생각했다. 딱히 떠오르는 것이 없었다.

"나는 뭘 사야 될지 모르겠는데."

"당신은 선글라스를 사는 게 어때? 지금 있는 거 너무 낡았어."

유준은 좋다고 대답했다. 마트에 들어서자마자 그들은 여성복을 파는 3층으로 향했다. 도경은 매장을 돌며 피크닉용 밀짚모자가 있느냐고 물었고, 직원들이 권하는 거의 모든 제품을 한 번씩 써보았다. 유준이 보기에는 모양이나 기능이나 별 차이가 없었지만, 도경은 디자인과 챙의 크기, 색감을 따져 가며 물건을 골랐다. 도경이 예전의 모습을 되찾고 있다고 유준은 생각했다. 지난 몇 달간, 도경은 유준에게나 자신에게나 무성의했다. 전처럼 출근하는 그와 함께 아침을 먹지 않았고, 혼수로 장만한 일제 식기들에

음식을 담는 일도 그만둔 채 반찬통을 식탁에 그대로 올렸다. 똑같은 트레이닝 바지를 며칠째 입고 있던 적도 있었다. 하지만 이제는 달라질지도 모른다고 유준은 기대했다. 해변의 펜션에서 하룻밤을 보내고 집으로 돌아가면 꽤 많은 것이 변하게 될 거라고. 도경이 마침내 넓은 챙에 연보라색 리본이 달린 모자를 골라 들었다. 유준은 모자가 썩 잘 어울린다고 도경을 칭찬했다. 도경은 모자를 카트에 담는 대신 머리에 얹고서 이번에는 유준이 쓸 선글라스를 사자고 말했다. 직사각형의 가격표가 챙 끝에서 달랑거리고 있었다. 마트를 나서면서 유준은 자동차 천장에 달린 작은 창을 열었다. 그들은 창을 통해 들어오는 바람을 맞으며 펜션으로 갔다.

펜션은 긴 해변의 끝자락에 있었다. 횟집과 카페들로 복작대는 해수욕장과 동떨어져 있으면서도, 창밖으로는 바다를 볼 수 있다는 점이 유준은 마음에 들었다. 도경은 그보다 좀 더 세심해서, 새하얀 외벽에 베란다 위로 달린 차양만 파란색인 것이 보기 좋다고 말했다. 유준은 동감했다. 펜션의 이름은 산토리니였는데 건물만 떼놓고 보면 정말 그리스의 해변에 있을 법해 보였다. 유준은 마당 겸 주차장에 차를 댄 다음 숙소 건물과 마주 보고 있는 안채로 가서 예약을 확인했다. 그러는 동안 어디선가 작고 흰 개가 다가와 그의 발치에서 꼬리를 흔들었다. 사람을 잘 따르는 모양이라고 유준은 생각했다. 도경이 쪼그리고 앉아 머리와 등을 쓰다듬어 주자 녀석은 금세 배를 보이며 드러누웠다.

"전에 왔던 손님들 중에 한 팀이 버리고 간 개예요. 맘에 들면 데려가요."

열쇠를 들고 나온 펜션 사장이 말했다. 그는 환갑쯤 된 남자로, 작은 키에 머리가 반쯤 벗어져 있었다. 유준은 펜션을 이 남자 혼자서 운영하는 것인지 궁금했지만 입을 다문 채 숙소 건물로 성큼성큼 걸어가는 사장을 뒤따라갔다. 사장은 직접 열쇠로 방문을 열어 보여주더니 유준과 도경보다 앞서 방 안으로 성큼 들어갔다.

"제일 좋은 방이에요, 여기가. 태풍 온다고 여기저기서 난리를 쳐가지고 예약이 다 취소됐거든. 근데 봐. 날이 어때?"

펜션 사장이 방 한가운데 서서 말했다. 유준은 일기예보란 믿을 수 없는 법이라며 그의 말에 맞장구를 쳐주었다. 펜션 사장은 에어컨디셔너 리모컨 사용법을 알려주더니, 화장실로 들어가 샤워기를 사용하는 법까지 설명한 다음 방을 나갔다. 문이 닫히자마자 도경은 침대 위로 털썩 주저앉았다.

"저 아저씨 말 많다. 무슨 선생님 같아."

도경이 말했다.

"우리가 어려 보였나 보지. 자기가 좀 동안이잖아."

유준의 말에 도경이 웃음을 터뜨렸다. 유준은 방금 전까지 펜션 사장이 서 있던 자리에 서서 도경을 내려다봤다.

"정말 그렇게 생각해?"

도경이 웃음을 멈춘 뒤 물었다.

"물론이지."

유준은 도경이 자신보다 다섯 살 연상인 것에 대해 때때로 부담감을 느낀다는 사실을 생각하며 그렇게 말했다.

"당신이 그렇게 보겠지. 내 나이를 아니까."

도경은 그렇게 말하고 나서 상체를 젖혀 침대 위로 드러누웠다. 유준은 휴게소에서 도경을 찾아다니며 들었던 트로트 가사가 떠올라 실소가 났다. 내 나이가 어때서, 사랑하기 딱 좋은 나이인데. 그런 멜로디와 가사가 귀에 박히는 걸 보니 이제 정말 나이를 먹은 모양이라고 유준은 생각했다. 동시에 몇 달 전 그보다 한참 어린 여자 직원에게 동안이라는 칭찬을 들었던 것을 떠올렸다. 인사치레로 한 말이란 걸 알면서도 기분이 좋았다.

유준과 도경은 해변을 따라 늘어선 횟집 중 한 군데서

점심을 먹었다. 그러는 동안 소나기가 내렸다가 그쳤다. 두 사람이 식당에서 나왔을 때는 날이 개고 있었다. 수평선이 가느다란 빛줄기처럼 바다와 하늘을 가로질렀다. 두 사람은 한동안 해변을 걸어 다녔다. 모래가 젖어 있어 오히려 걷기가 더 편했다. 도경은 갈매기 발자국을 발견하고는 아기 발자국 같다고 유준에게 말했다. 유준은 도경이 '아기'라는 단어를 사용한 것에 놀랐다. 한동안 길거리에서 유모차만 마주쳐도 표정이 달라지던 도경이었다. 그러나 도경은 지금 이렇게 웃고 있었다. 유준은 도경의 옆얼굴을 바라보았다. 어쩌면 돌아오는 금요일 저녁에는 도경과 함께 영화를 관람하고, 단골 술집에서 맥주를 마실 수도 있겠다고 유준은 생각했다. 그건 결혼 후 한동안 지속되었던 두 사람의 데이트 방식이었다. 그런 나날을 이어갈 수 있다면, 나중에 두 사람은 어려운 시기를 함께 지나왔다고 서로를 다독일 수 있을 것이었다. 더 먼 미래에는 차라리 아이가 없는 편이 나았다고, 그래서 서로에게 더욱 충실한 부부가 될 수 있었다고 얘기할지도 몰랐다. 유준은 바닷바람을 들이마시며 지난봄과 여름을 돌아봤다. 의사로부터 임신이 어렵다는 말을 들은 건 초봄의 어느 날이었다. 병원을 나서면서 유준은 이혼을 생각했고, 도경에게도 그렇게 전해주었다. 자신을 떠나도 괜찮다고, 원망하지 않겠다고 그는 말했다. 빈말이 아니었다. 도경이 아이 있는 가정을 얼마나 원했는지 알고 있었기에 한 말이었다. 그러나 도경은 유준을 떠나지 않았다. 가능성이 희박한 불임치료를 시작하자 했고, 그걸 포기한 뒤에도 우울한 얼굴로나마 유준의 곁에 남았다. 입양이나 정자은행 같은 차선책을 단칼에 거절한 유준을 존중했다. 사실 도경은 그전부터 유준보다 많은 것을 감내해왔었다. 두 사람의 결혼이 유준 어머니의 강력한 반대에 부딪혔을 때, 도경은 직장을 그만두고 내조에만 전념하겠다는 약속을 해 유준의 어머니를 설득했다. 도경의 경력을 아쉬워한 건 도경 자신보다는 유준이었다. 도경과 유준은 같은 식품회사 선후배 사이였는데, 도경이 그보다 직급이 높았고 사내 평판도 더 나은 편이었다. 차라리 손주라도 하나 낳아서 나중에 찾아뵙는 것이 어떻겠냐고 결혼 전 유준이 물었을 때 도경은 제 의견을 확실히 했다.

"나는 원하는 게 분명한 사람이야."

그때 도경은 그렇게 말했다. 그리고 그렇게나 원하던 것을 가지지 못하게 되자 유준보다 더 크게 절망했다. 유준은 도경과 달랐다. 그는 대체로 자신이 무엇을 원하는지 모르고 살아갔다. 불임 진단을 받고 나서야 유준은 자신이 아이를 갖고 싶어 했다는 사실을 깨달았다. 자신을 닮은 아이, 건강하고 영특하고 애교 많은 아이를 유준은 원했다. 아니,

원했다는 표현은 맞지 않았다. 그건 때가 되면 자연히 갖게 되는 무언가라고 예전의 유준은 생각했었다. 문득 그는 아이 없이 늙는다는 것이 어떤 것인지 제대로 상상해본 적이 없다는 생각이 들었다. 그럴 겨를이 없었으니 당연한 일일지도 몰랐다. 올해 초 승진 이후 정시에 퇴근할 수 있었던 날은 한 달 중 일주일이 채 안 됐다. 퇴근 후에는 늘어져 있는 도경을 상대해야 했다. 하루 중 편히 있을 수 있는 때라곤 잠들기 직전의 몇 분이 전부였다. 그리고 여유롭게 도경과 해변을 걷고 있는 지금, 유준은 자신이 도경과의 결혼 생활에서 무엇을 기대하고 있는지 알 수 없었다.

유준과 도경이 해변 산책을 마치고 펜션 쪽으로 걷기 시작할 즈음 다시 비가 쏟아졌다. 이번에는 소나기가 아니었다. 빗줄기가 짧은 시간 동안 눈에 띄게 굵어지고 있었다. 두 사람은 편의점에서 큼직한 장우산을 하나 사서 함께 썼지만, 비스듬한 빗줄기에는 속수무책이었다. 그들이 펜션으로 돌아왔을 때는 발과 어깨가 물에 흠뻑 젖어 있었다. 펜션 입구에서 개가 그들을 반겼다. 비를 맞으며 마당에서 뛰어다녔는지 온몸이 젖은 채였고 네 발과 배가 진흙으로 더러웠다.

"너무 한다. 안에 좀 들여놓지."

펜션 입구로 들어가면서 도경이 말했다. 유준은 폭우로 여기저기 웅덩이가 파인 마당을 둘러봤다. 그들이 고기를 구워 먹기로 했던 테이블은 비를 그대로 맞고 있었다. 테이블 한가운데에 꽂힌 파라솔은 접힌 채였다. 유준은 펜션 사장이 자리를 비운 것일까 생각했다. 펜션을 나오기 전에 유준은 고기를 구울 숯불을 피우기로 예약해두었다. 원래대로라면 두 시간 뒤였다. 물론 취소되어야 할 약속이었다. 날이 바뀌어 야외에서 고기를 구워 먹는 일은 불가능해졌으니까. 펜션 사장은 보이지 않았다. 유준이 들어가 예약을 확인했던 안채도 비어 있었다.

"안 들어가?"

도경이 숙소 건물 입구에서 서성이는 유준을 잡아끌었다. 유준은 혹여나 무슨 사고가 난 것이 아닐까 잠시 동안 생각했다. 손님들이 머물고 있는 펜션을 두고 자리를 비우는 일은 그에게 상식적으로 보이지 않았다.

"어머, 얘 좀 봐."

도경이 재미있다는 듯 소리쳤다. 현관문 앞에서 얼쩡대던 개가 어느새 유준과 도경을 따라 건물 내부로 들어와 있었다. 녀석은 추위로 몸을 떨면서도 꼬리를 흔들었다. 유준은 개를 내보내야겠다는 생각에 현관문을 연 다음 개에게 손을 까딱였다. 그러나 개는 폭우 속으로 다시 나갈 마음이 없어 보였다. 오히려 계단 두 개를 단숨에 올라간 다음 뒤돌아 그들을 응시했다. 잠시 후 유준과 도경이 계단을 하나씩 오르자 개도 속도를 맞추어 그들을 뒤쫓아 갔다. 마치 유준과 도경이 제 주인이라도 된다는 듯 보여 유준은 헛웃음이 났다.

"우리가 애 좀 데리고 있을까?" 도경이 개와 유준을 번갈아 보며 물었다. "가엾잖아. 비가 이렇게 오는데."

"그래, 잠깐이니까."

유준은 그렇게 대답했다. 잠시 동안이니 별 문제는 없을 듯했다. 방문 앞에서 유준이 열쇠로 문을 열어주자 개는 제 집으로 들어가는 애완견처럼 자연스레 문턱을 넘어갔다. 도경은 개를 내려다보며 싱글싱글 웃고 있었다. 이참에 개를 정식으로 길러보는 것은 어떨까 하고 유준은 잠시 생각했다. 어쨌거나 도경에겐 돌봐야 할 무언가가 필요한 것 같았다. 실내로 들어선 개는 부르르 몸을 떨어 물기를 털어낸 다음 방 안 곳곳을 걸어 다니며 냄새를 맡기 시작했다. 개가 지나간 자리마다 진흙 발자국이 남았다. 유준은 이제 어쩌지 하는 심정으로 도경을 바라봤다.

"우리가 애 좀 씻겨줄까?"

도경이 말했다. 유준은 좋은 생각이 아니라고 생각했다. 남의 개를 씻기는 건 의도야 어쨌든 무례한 행동 같았다.

게다가 유준은 한 번도 개를 씻기는 일을 해본 적이 없었다. 개를 기른 적이 없으니 당연했다. 그리고 그가 아는 한 도경 역시 그랬다.

"내가 할게. 당신은 보조만 좀 맞춰줘."

유준이 망설이는 사이 도경은 욕실로 들어가 세면대에 물을 받고 샴푸를 가져와 물에 풀었다. 그러고는 다시 거실로 나와 개를 능숙하게 들어올려 욕실로 들어갔다. 개의 몸에 묻은 진흙이 도경의 원피스를 더럽혔지만 개의치 않는 눈치였다. 유준은 잠시 망설이다가 곧 젖은 양말을 벗고 바지를 걷어붙인 다음 욕실로 따라 들어갔다. 그러면서도 머릿속에선 펜션 사장에게 둘러댈 말을 재빠르게 정리했다. 펜션으로 돌아와 보니 당신이 없었다고, 개가 문 앞까지 따라오더니 문을 연 순간 족제비처럼 방 안으로 뛰어들었다고 말할 작정이었다. 도경이 개 옆으로 쪼그리고 앉은 뒤 샤워기를 틀어 개의 몸을 물에 적시기 시작했다. 개는 유순하게 도경의 손길에 몸을 맡겼다. 유준이 도울 것도 없어 보였다.

"당신 개 기른 적 있었어?"

"응, 내가 말 안 했지? 어릴 때 아빠가 강아지를 어디서 얻어 왔었거든."

유준으로서는 들어본 적 없는 이야기였다. 도경이 다시

벌떡 일어나서 세면대에 받아놓은 물을 손으로 휘저었다. 세면대 위로 거품이 부글부글 피어올랐다.

"그건 뭐 하는 거야?"

"강아지용 샴푸가 없을 땐 그냥 사람 쓰는 샴푸를 물에 중화시켜서 쓰면 돼. 원래는 삼십 분 정도 중화를 해야 하는데."

유준은 변기에 앉은 채로 고개를 끄덕거렸다. 잠시 후 도경이 샴푸가 풀린 물을 떠서 개의 등에 대고 문질렀다. 유준도 도경을 거들었다. 개의 피부는 놀라울 정도로 따뜻하고 부드러웠다. 유준은 결혼 직전 백화점에서 눈여겨보았던 아기 욕조를 생각했다. 도경은 그것이 유명한 브랜드의 제품이며 지금 큰 폭으로 할인에 들어간 거라고 말했다. 두 사람은 꽤 오래 고민하다가 결국 욕조를 사지 않았다. 다행한 일이었다. 만약 샀다면 유준은 아기 신발과 함께 그것을 내다버려야 했을 것이었다. 도경이 개의 머리를 문질러 거품을 냈다. 개의 귀로 물이 들어가지 않도록 주의하는 손길이 섬세했다.

"개를 언제 기른 거야? 난 몰랐네."

"어릴 때부터 대학 들어갈 때까지니까 십 년 정도 키웠지."

도경은 그렇게 대답하곤 샤워기로 개의 몸에 물을 뿌렸

다. 다시 물을 맞는 것이 싫었는지 개가 재빠르게 몸을 털었다. 거품이 사방으로 튀어 옷이며 욕실 내부가 엉망이 됐지만 도경은 웃기만 했다. 유준도 따라 웃었다. 만약 그들이 아이를 낳았다면 분명하게 느낄 수 있었을 어떤 감정이 두 사람의 머리 위를 스쳐갔다. 샴푸 거품이 유준의 손가락 사이로 흘러내려 바닥에 뚝뚝 떨어졌다. 도경이 다시 말했다.

"강아지 이름이 보리였어. 보리가 죽고 나서 다시는 개를 안 기르려고 했어. 그러면 보리가 너무 속상해할 것 같았거든. 개를 안 키워본 사람은 잘 이해가 안 갈 거야."

유준은 고개를 끄덕거렸다. 도경의 말처럼 자신으로선 이해할 수 없는 감정이었다. 도경이 능숙한 손길로 개의 다리를 하나씩 들어올려 거품기를 헹궈냈다. 개는 불안한 눈빛으로 유준과 도경을 번갈아 쳐다보고 있었다. 거품기가 모두 물줄기에 쓸려 내려가자 도경은 일어서서 수건으로 개의 몸을 닦아줬다. 도경의 손이 떨어지자마자 개는 재빠르게 욕실을 빠져나갔다. 목욕의 순서를 알고 있는 녀석이라고 유준은 생각했다. 그리고 일어서서 세면대에서 손을 씻자 손바닥에 붙어 있던 개털 몇 가닥이 배수구로 빨려 들어갔다.

"지금도 개를 기르기 싫은 거야?"

유준은 물었다. 도경은 수건으로 손을 닦던 동작을 멈추고 거울을 통해 유준을 잠시 바라봤다.

"글쎄."

잠시 후 두 사람은 침대에 나란히 걸터앉았다. 창밖으로는 여전히 비가 쏟아지고 있었다. 태풍이 오기는 오려는 모양이라고 유준은 생각했다. 해수면 위로 번개가 번쩍이더니 곧이어 천둥이 내리쳤다. 발랄하게 방 안을 돌아다니던 개가 도경의 발치로 달려와 엉덩이를 붙이고 주저앉았다. 천둥을 무서워하는 모양이었다. 도경이 개의 머리를 쓰다듬었다. 유준은 다시 한번 펜션 사장을 생각했다. 이 빗속에 그는 도대체 어디로 가버린 걸까.

"사실 보리를 죽인 건 나야. 내가 잃어버렸거든. 보리 혼자서 돌아다니다가 차에 치였어."

유준은 창밖을 내다보고 있는 도경의 옆얼굴을 바라봤다. 도경은 담담한 표정이었다. 언뜻 미소를 짓고 있는 것처럼도 보였다.

"지금도 가끔 꿈에 보리가 나와. 개가 나이 먹고 관절이 안 좋아져서 높은 데서 뛰어내리면 안 됐거든? 근데 꿈에서는 꼭 한참 높은 계단 같은 데 올라가 있어. 내가 거기 있으라고 말해도 못 알아듣고 나한테 막 달려와. 계단을 두

세 개씩 뛰어내리면서. 그러다가 한 번 안아보지도 못하고 잠에서 깨버려."

유준은 고개를 끄덕이며 묵묵히 들었다. 도경이 속마음을 털어놓고 있다는 사실이 유준을 기쁘게 했다. 유준은 팔을 뻗어 도경의 손을 잡았다. 도경이 유준의 손을 양손으로 감싸주었다. 도경의 손은 작고 따뜻했다. 유준은 자신도 무언가를 털어놓아 이 분위기를 이어가고 싶다는 생각을 했다. 어릴 적 학교 앞에서 샀던 병아리가 기억났다. 병아리는 집에 들여놓은 지 한나절도 안 되어 죽었다. 그 일은 유준에게 작은 생채기 하나 남기지 못했다.

바다 위로 거대한 전구가 터지듯 방사형의 빛줄기가 뻗어 나가다가 순식간에 사라졌다. 유준은 또 한 가지 비밀을 생각해냈다. 한 달 전 퇴사한 인턴사원 윤가영에 관한 것이었다. 그의 나이를 듣고 깜짝 놀라며 저보다 서너 살 오빠인 줄만 알았다고 윤가영은 말했었다. 혹여나 거기에 또 다른 의미가 있지는 않을까 하는 생각에 유준은 한동안 그 짧고 단순한 문장을 곱씹었다. 물론 이런 이야기를 도경에게 털어놓을 수는 없었다. 도경이 다시 말했다.

"당신은 개를 기르고 싶어?"

"응, 개가 있으면 아무래도 분위기가 좀 바뀌지 않을까 해."

"무슨 분위기?"

"당신 요즘 좀 울적해했잖아."

"그렇지. 근데 이제 괜찮아."

도경은 유준을 바라봤다.

"누구를 또 잃어버리는 게 이제는 무서워."

도경이 말했다. 유준은 말없이 고개를 끄덕였다.

"그 사람이 현서를 데려가겠다고 했을 때 그냥 그러라고 한 게 아직도 후회되거든. 가끔은 그게 내 인생에서 가장 큰 잘못 같아."

"그때는 그게 애한테 좋다고 생각했으니까 그런 거잖아. 당신 잘못이 아니야."

유준은 자신의 위로가 무의미하다고 생각하면서도 그렇게 말했다. 그리고 마침내 도경에게 고백할 만한 일을 찾아냈다.

"사실 나는 당신한테 아이 있다는 얘기 듣고 놀랐었어. 이혼했다고만 알았는데 딸이 있다니까 좀 놀랍더라구. 처음 데이트 할 때까진 몰랐거든."

도경은 조금은 난처한 표정으로 그를 바라봤다. 유준은 직감적으로 자신이 이 분위기를 깨트렸다는 사실을 알았다.

"그래서 후회했어?"

"아니, 당신이니까 상관없다고 생각했지."

도경은 고개를 끄덕이더니 한동안 정면의 바다를 바라봤다. 멀리서 파도가 높이 솟아올랐다가 부서졌다. 도경이 다시 입을 뗐다.

"다음 달에 현서가 한국에 온대."

유준은 잠시 동안 그 말의 의미에 대해 생각했다. 도경이 말을 이었다.

"아주 오는 거야."

유준은 도경이 한 말의 의미를 천천히 깨달았다. 그러니까 지금 도경은 두 개의 선택지를 내놓은 셈이었다. 도경의 딸과 함께 사는 삶이 그중 하나였고 나머지 하나는 이혼일 터였다. 유준은 진흙이 묻어 엉망이 된 옷을 입은 채, 무덤덤한 표정을 짓고 있는 도경을 바라봤다.

"지금 대답하라는 건 아니야. 한번 생각해봤으면 해."

유준은 도경의 딸과 직접 대면한 적이 없었다. 사진이나 동영상으로만 몇 번 봤을 뿐이었다. 크고 쌍꺼풀진 눈이 도경과 비슷했지만, 얼굴형이나 코와 입의 생김새는 확연히 달랐다. 엄마보다는 아빠와 더 닮았을 거라고 유준은 짐작했다. 유준은 그 애가 자신을 아빠라고 부르는 장면을 상상해봤다. 그는 원하는 것이 분명한 사람은 아니었지만, 지금 무엇을 원치 않는지는 확실히 알 수 있었다. 어느새 개가 도경의 발등을 베고 조그만 소리로 코를 골고 있었다. 유준은 비 내리는 바다를 가만히 바라봤다.

　펜션 사장은 승합차에 두 쌍의 연인을 태우고 펜션으로
돌아왔다. 그들은 비를 맞으면서 차에서 짐을 내려 펜션
안으로 날랐다. 모두 이십 대 초반처럼 보였다. 유준은 베
란다 밖을 내다보았다. 펜션 마당 구석에 차를 댄 펜션 사
장은 잠시 후에 방문을 두드려 유준과 도경을 불렀다. 유
준이 방문을 열자 빗물로 양어깨가 젖은 그가 서 있었다.
　"여섯 시에 바비큐 맞죠?"
　"비가 이렇게 오는데요?"
　"베란다가 있는데 왜."
　펜션 사장은 별일이냐는 듯 말했다. 방 안을 돌아다니던
개가 사장을 보고는 앞으로 나와 꼬리를 흔들었다. 사장은
역시 별일 아니라는 듯 중얼거렸다.
　"얘는 왜 여기 있대요?"
　"얘가 우리를 따라 들어와서요. 잠깐 데리고 있었어요."
　"이 자식, 이거 호강했네요."
　펜션 사장은 그렇게 말하고는 서둘러 아래층으로 내려
갔다. 개도 꼬리를 흔들며 사장을 뒤따라갔다. 유준은 빗속
에서 고기를 구워 먹고 싶은 기분이 전혀 아니었지만, 펜
션 사장을 다시 불러 저녁을 취소하겠다는 말을 꺼내고 싶

지도 않았다. 잠시 후 펜션 사장이 양손에 목장갑을 낀 채 큼직한 그릴을 들고 들어왔다. 도경이 냉장고를 뒤져 고기와 상추, 팩에 담긴 김치, 쌈장을 챙겨 베란다의 조그만 테이블에 올렸다. 유준은 안채로 가서 고기를 굽는 데 필요한 집게와 나무젓가락, 목장갑 등을 빌렸다. 그가 방으로 돌아왔을 때는 그릴이 달구어져 하얀 연기가 피어오르고 있었다. 펜션 사장은 고기를 직접 판에 올려주며 고기 굽는 요령을 한참 설명한 다음 집게를 유준에게 넘겨주고 방을 나갔다. 유준과 도경은 그릴을 사이에 두고 고기를 굽기 시작했다. 숯이 타며 연기가 피어올라 눈과 코가 따끔거렸지만 둘은 그런 것에 대해 말하지 않았다. 베란다 밖으로는 여전히 폭우가 쏟아졌다. 유준은 윤가영이 퇴사하던 날에도 꽤 많은 비가 왔었던 것을 기억했다. 윤가영의 퇴사는 다소 냉담한 분위기 속에서 진행됐다. 윤가영과 함께 일했던 다른 두 명의 인턴사원들이 정직원으로 채용되었던 탓이었다. 윤가영을 위한 송별식은 당연히 없었고, 자리를 정리하는 그에게 누군가 나서서 아쉽다거나 그간 고마웠다는 인사를 전하지도 않았다. 오히려 윤가영이 듣는 앞에서 새로운 사원들을 위한 환영회 날짜가 언제냐고 공공연히 떠드는 직원도 있었다. 그날, 윤가영은 유준에게 커피를 한잔 사줄 수 없겠냐고 물었다. 유준은 거절했다. 그날은 목요일이었고, 저녁에 유준은 도경과 함께 병원에 갈 예정이었다. 회사 건물 로비에 있는 카페에서 도경이 유준의 퇴근을 기다리고 있었다. 가끔씩 유준은 그날의 제안에 대해 골똘히 생각하곤 했다. 단지 동종업계 선배로서 일에 대해 조언을 구할 작정이었는지, 자신을 남자로서 유혹한 것인지 유준은 알고 싶었다. 만약 후자였다면 그건 유준이 결혼 생활 동안 유일하게 가졌던 외도의 기회였을 터였다. 도경이 익은 고기를 유준의 접시에 올려주었다. 두 사람은 마주 앉아 조용히 고기를 씹어 먹었다. 유준은 윤가영에 관한 마지막 장면, 한쪽 어깨에 핸드백을 걸고 다른 쪽 손으로 종이봉투를 들고 있던 모습을 떠올렸다. 그가 도경과 잠깐 카페에 앉아 있을 때 윤가영은 그런 모습으로 회사 로비를 빠져나갔다. 아쉽다기보다는 다소 지친 표정으로.

멀리 수평선 쪽에서부터 구름이 걷히기 시작했다. 빗줄기도 조금씩 가늘어지고 있는 듯했다. 베란다 아래에선 어느새 온몸이 더러워진 개가 마당을 어슬렁거리고 있었다. 유준은 녀석이 한동안 자신과 도경이 앉아 있는 베란다를 올려다보다가 어딘가로 경중경중 뛰어가는 모습을 지켜봤다. 그리고 곧 다가올 태풍을 기다렸다.

●

망원

이석이 이메일을 보내온 건 지난달 중순, 내가 호주에서 마지막 달을 보내고 있을 때였다. 나는 이석이 편지를 썼다는 사실에 놀라워하며 그의 글을 읽었다. 이석은 우리가 한창 좋았던 시절에도 편지라면 좀체 쓰지 않았다. 무언가를 글로 적어 전하는 일을 민망해했던 듯하다. 그건 나도 마찬가지여서 우리 사이에는 편지나 이메일이 거의 없었다. 헤어지고 보니 아쉬웠던 것 중 하나였다. 하지만 이별 후 이 년에 가까운 시간이 지나 이석은 장문의 메일을 보내왔다. 나는 천천히 그의 편지를 읽었다. 특별한 내용은 아니었다. 우리가 함께 갔던 카페에 우연히 들렀다가 내 생각이 났다는 문장으로 시작된 편지는, 그 아래로 이런저런 추억들을 늘어놓은 뒤 이만 사무실로 돌아가야 한다며 황급히 끝났다. 다만 글의 말미에 물어볼 것이 있으니 한국에 오면 한번 보고 싶다는 문장이 적혀 있었다. 나는 보고 싶다는 술어에 방점을 찍었다. 이별 이후 우리는 한 번도 만나지 않았다. 나는 이석에게 긴 답장을 썼다. 호주에 오게 된 사연이며 한국에서의 계획에 대해 늘어놓았지만, 요지는 만나자는 것이었다.

물론 한국에는 이석 말고도 내가 만나야 할 사람들이 있었다. 우선은 아버지와 새어머니가 나를 기다리고 있었다. 나는 칠 년 만에 두 사람과 함께 살게 됐다. 어릴 적부터 쓰던 방으로 되돌아온 것이다. 방은 침대를 치운 것을 제외하면 바뀐 것이 없었다. 책상과 옷장, 천장에 닿을 듯 높은 책꽂이가 그대로 있었다. 나는 침대가 놓였던 자리에 요를 깔고 누워 고국에서 첫 번째 밤을 맞았다. 뭐라도 해보겠다고 호주까지 갔던 것인데, 결국에는 이렇게 아버지의 울타리 안으로 되돌아왔다는 생각을 떨치기 힘들었다. 워킹홀리데이를 떠나며 내가 바랐던 것 대부분은 이루어지지 않았다. 영어 실력이 조금 나아지긴 했지만 영어로 말할 때 드러나는 한국어 억양은 여전했다. 목표했던 만큼 돈을 벌지도 못했다. 득실을 따지면 어학원 등록금과 집세며 생활비로 나간 돈이 더 많을 듯했다. 이석을 완전히 털어내겠다는 다짐 역시 메일 한 통에 무너졌다. 귀국 전날 도착한 이석의 답장에 나는 며칠째 신경이 쏠려 있었다. 나 역시 만나고 싶다고 적어 보낸 메일에 대고 그는 토요일 낮에 망원에서 잠깐 볼 수 있느냐고 물었을 뿐 다른 이야기는 일절 하지 않았다. 어쩌면 돈을 빌리려는 것일 수 있겠다는 생각이 뒤늦게 들었다. 좀 황당하기는 하지만 우리가 헤어질 즘 그가 이직했던 식품회사가 다단계 업체일 가능성도 있었다. 오미자즙 같은 걸 내게 떠안기려고 긴 편지를 써 보냈을지도 모를 일이었다. 납작해진 요 위로 몸을 이리저리 뒤척이며 나는 이석의 메일 속 문장들을 하나씩 곱씹었다.

다음 날 아침, 새어머니는 침대를 주문해야겠다며 호들갑을 떨었다. 서양에서 살다 온 사람은 한국식으로 바닥에 요를 깔고 자는 게 불편하다는 것이었다.

"아니에요. 저 진짜 편해요. 여기 얼마나 있을지 모르는데, 돈 아까워요."

나는 아침 밥상 위로 손을 휘휘 내저으며 대답했다. 호주에 있는 동안 아무래도 몸짓이 커진 것 같다는 생각이 들었다.

"너 있으면 우리가 좋지. 그깟 침대 값이 뭐야."

새어머니가 나처럼 손사래를 치며 말했다. 한동안 본가

에 머물러 있어야 하는 건 사실이었다. 새 직장을 얻고 나서 그 근처에 방을 얻는 것이 나의 계획이었는데, 그러려면 재취업을 해야 했고 그기까지는 시간이 걸릴 것이었다.

"그래, 네 어머니도 너 여기 좀 있었음 좋겠다더라. 너라도 있어야 집이 좀 사람 사는 데 같지."

국에 밥을 말던 아버지가 한마디 덧붙였다. 백수가 된 서른 살의 자식으로서는 황송한 대우라는 생각을 하면서 나는 고개를 끄덕거렸다.

"저기, 근데 현주야."

새어머니가 내 앞으로 달걀찜을 밀어놓고 다시 입을 뗐다.

"진경이 있잖아. 지금 신촌 세브란스 병원에 있는데 너 한번 가볼 수 있니?"

세 달 전에 진경 이모는 대장암을 선고받았다. 호주에서 들어 알고 있던 사실이었다.

"그럼요. 안 그래도 내일 가보려고 했어요."

"내일 당장? 내일은 내가 시간이 안 되는데……."

새어머니가 나를 바라보며 중얼거렸다.

"내일 그쪽에 일이 있기도 하고, 그리고 저 혼자서도 갈 수 있어요."

나는 반사적으로 대답한 뒤 한마디 덧붙였다.

"저 이모랑 둘이 있는 거 별로 안 어색해요."

새어머니가 나를 잠시 물끄러미 바라보더니 이내 고개를 끄덕이곤 다시 밥을 먹기 시작했다. 나는 부들부들한 달걀찜을 입 속으로 밀어 넣으며 내일의 일과를 그려보았다. 낮에 이석을 만나고 오후에 이모를 찾아가면 될 듯싶었다. 마지막으로 진경 이모를 만났던 날이 떠올랐다. 작년 새어머니의 생일날이었다. 그날 이모는 등산복 바지에 플리스 재킷을 걸치고, 부스스한 머리칼을 하고서 나타났다. 어디서 샀는지 모를 생크림 케이크를 사들고 왔는데 아버지와 새어머니는 너무 달다며 잘 먹지 못했다. 그날 진경 이모와 무슨 이야기를 했는지에 대해선 별다른 기억이 없다. 어쩌면 아무 말도 하지 않았을지 모른다. 나는 다음 날 출근을 핑계로 일찍 일어났고, 그런 내게 새어머니가 안기다시피 남은 케이크를 들려주었다. 나는 그걸 냉장고에 넣어두었다가 허기진 밤에 조금씩 잘라 먹었다.

다시 찾은 망원은 놀랄 만큼 달라져 있었다. 내가 알던 망원동은 주택과 골목이 많고 경사가 심한 지역일 뿐이었는데, 몇 년 사이 소위 힙하다는 카페나 술집이 여럿 들어선 모양이었다. 이석과 만나기로 한 카페로 걸어가는 내내 알록달록 예쁜 간판을 달고 있는 가게들이 눈에 들어왔다.

한낮인데도 꽤 많은 사람들이 테라스 자리에 앉아 커피와 맥주를 마시고 있었다. 이석과의 약속 장소는 주택을 개조해서 만든 카페로, 밖에서 보면 보통의 가정집과 별 차이가 없는 곳이었다. 나는 간판을 제대로 보지 못한 채 한참을 지나쳐갔다가 휴대전화 속 지도 애플리케이션을 켜고 되돌아가서야 그곳이 카페임을 알아보았다. 들어가 보니 마당에 테이블이 놓여 있었고 건물 내부도 제법 아기자기했다. 나는 출입구에 면한 이 인용 테이블에 자리를 잡고 앉아 이석을 기다렸다. 커피 한 잔을 완전히 비우고 리필한 커피를 두 모금쯤 마셨을 때에야 이석은 왔다. 날씨에 비해 더워 보이는 긴팔 남방을 입고 있었고, 내가 기억하는 것보다 체중이 불어난 듯 보였다. 그는 내 맞은편 의자에 들고 있던 카디건을 내려놓고는 커피를 주문하고 오겠다고 말했다. 내가 대답할 새도 없이 그는 테이블에 허벅지를 부딪히며 카운터 쪽으로 성큼성큼 걸어갔다. 둔한 몸짓을 직접 보니 이석을 만났다는 것이 실감 났다. 테이블이 흔들리며 쏟아진 커피가 나무 표면에 스미는 것을 지켜보면서 나는 이석을 기다렸다. 잠시 후 이석이 아이스라테 한 잔을 들고서 내 앞에 마주 앉았다. 가느다란 머리칼이 이마 위로 날리듯 떠 있었다. 나는 손을 뻗어 이석의 머리를 정리해주려다가 그만뒀다. 이석은 피로하고 긴장된 눈빛으로 나를 마주 보고 있었다.

"물어볼 게 뭔데?"

나는 물었다. 이제 와서 서로의 근황을 전하며 시간을 보내고 싶지는 않았다. 이석이 테이블 위 어딘가에 시선을 주면서 입을 뗐다.

"그게, 너 혹시 망고 좀 맡아줄 수 있을까 하고."

망고라면 우리가 함께 키우던 개의 이름이었다. 나는 힘주어 들고 있던 머그잔을 테이블 위에 내려놓았다.

"얼마나?"

"아주."

나는 이석을 똑바로 쳐다봤다. 이석은 음료가 담긴 유리잔을 내려다보고 있었다.

"갑자기 왜 그러는데?"

"와이프가 개를 싫어하거든."

나는 미지근한 커피를 천천히 들이켰다.

"결혼했구나. 나는 몰랐는데."

이석은 어리둥절한 눈빛으로 나를 바라봤다. 나는 이석을 외면한 채 오래된 영화 포스터가 여기저기 붙어 있는 카페 내부를 잠시 구경했다. 여기는 아주 힙하구나, 하는 어처구니없는 생각이 들었다.

"몰랐구나. 나는 그래도 건너 건너 들었을 줄 알았어……."

이석이 아주 곤란하게 됐다는 표정을 지으며 고개를 흔들었다. 난처한 표정 어딘가에서 예전에 이석과 공유했던 어떤 순간들이 떠올라 나는 말문이 막혔다. 우리가 다투거나 이석으로선 이해할 수 없는 이유로 내가 기분이 상해 있을 때 이석은 그런 얼굴을 하곤 했다. 이제 이석은 때때로 그런 표정을 짓고서 누군가의 남편이 되어 살아갈 터였다.

"미안해."

이석이 다시 나를 바라보고 말했다. 방금 전의 표정은 순식간에 사라져 있었다. 재빠르게 표정이 바뀌는 걸 보니 이석도 이제 나이를 먹었다는 사실이 실감 났다.

"아냐, 그럴 수도 있지. 괜히 맘 쓰지 마."

"너도 망고 얘기는 신경 쓰지 마. 내가 알아서 할게."

나는 문득 우리가 나이 든 것 이상으로 망고가 늙었으리라는 것을 깨달았다. 이석과 내가 헤어지던 시점에도 망고는 이미 늙은 개였다.

"너 만약에 내가 망고 안 데려가면 어쩔 건데? 계속 키울 수는 있는 거야?"

"다른 사람 알아봐야지."

이석은 그렇게 말하고 음료를 크게 한 입 들이켰다. 개를 버리는 인간은 다 개만도 못한 놈들이야. 그런 사람들 전부 누군가에게 버림받았으면 좋겠어. 유기견 보호소에서 망고를 데려오던 날에 이석이 했던 말들을 나는 기억했다. 거기에 내가 진심으로 동의했다는 사실도 덩달아 기억이 났다.

카페 앞에서 이석과 헤어진 뒤, 나는 이석이 걸어간 방향 반대편으로 마냥 걷기 시작했다. 이 근처 어딘가에 있다는 이석의 신혼집에 대한 생각이 멈추지 않았다. 새로 산 가구와 가전으로 꾸며진 공간에서 나이 든 망고가 젊은 부부의 눈치를 보는 풍경. 곧 있으면 거기서 망고는 사라질 테고 이석을 닮은 아이들이 그 자리를 차지할 것이었다. 나는 허공에 숨을 뱉으며 빠르게 걸었다. 모욕을 당했다는 생각이 들었고, 그것이 이석이 의도한 바가 아니라는 사실이 더욱 모욕적으로 다가왔다. 한참 그렇게 걷다 보니 어느새 비탈을 오르고 있었다. 오래전 이석과 망고를 산책시키던 기억이 났다. 망고는 두 시간 넘게 산책을 하고도 집으로 돌아가는 길목이면 가지 않겠다고 떼를 썼고, 나와 이석은 조그맣게 자른 간식으로 망고를 달랬다. 집 쪽으로 한 걸음 움직이면 껌이나 육포를 상으로 주는 식이었다. 우리는 그걸 헨젤과 그레텔 놀이라 불렀다. 시간이 지나며 망고는 산책을 마친 뒤 집으로 돌아가야 한다는 사실을 받아들였다. 사람들에게 짖어선 안 된다거나 횡단보도 앞에

선 멈춰서야 한다는 규칙도 알게 됐다. 한때는 그렇게 나의 삶이 자리를 잡아간다고 생각했다. 이석과 함께 망고를 데리고 산책을 다니는 생활을 아주 오래 할 수 있으리라고 믿었고, 언젠가 망고가 떠나면 망고를 대신할 다른 개를 키울 생각도 했으니까. 평범한 사람이라고 해서 반드시 평범한 행복을 누리리라는 것은 아니라는 사실을 모르던 시절의 일이었다. 나는 숨을 몰아쉬며 걸음을 멈추었다. 음식물 쓰레기 냄새가 진동하는 골목에 들어서 있었다. 내게 익숙한 망원동의 어디쯤인 듯했다. 휴대전화로 위치를 확인한 뒤 버스 정류장이 있는 쪽으로 다시 걸었다. 신촌으로 가야 했다.

신촌 세브란스의 암 병동 지하에 마련된 상점가는 완전히 달라져 있었다. 그대로 자리를 지키고 있는 가게는 편의점 하나뿐이었고, 나머지 가게들은 전부 간판이 바뀌어 이전에 갔었던 카페며 빵집, 서점은 보이지 않았다. 나는 그 층을 두 바퀴쯤 돌면서 진경 이모에게 무엇을 사 갈지 고민했다. 예전에, 진경 이모와 이곳에서 커피와 샌드위치를 사 먹었던 기억이 났다. 물론 그 가게는 지금 없어졌고, 설사 있다 하더라도 투병 중인 이모에게 그런 것을 사 가서는 안 됐다. 나는 고민 끝에 편의점에서 꿀물 한 상자를 사 들고 병실로 올라갔다. 진경 이모는 8층에 있는 6인실을 쓰고 있었다. 나는 이모의 병실로 들어가기 전에 공연히 복도의 이쪽 끝에서 저쪽 끝까지를 걸었다. 이석에 관한 생각을 떨치려고 노력하면서, 그렇게 애쓰는 것조차 이석에 대한 상념인 것을 알지 못하며 멍청하게 걷고 있을 때 누군가가 내 어깨를 가볍게 붙잡았다. 나보다 키가 훌쩍 큰 여자 간호사였다.

"병실 찾고 계세요? 도와드릴까요?"

내가 얼결에 고개를 끄덕이자 간호사는 데스크로 나를 데려갔고, 컴퓨터를 뒤져 이모의 병실 번호를 알려주었다. 나는 더 이상 어정거리지 않고 곧바로 병실로 들어갔다. 이모의 자리는 창가 쪽이었고, 커튼이 둘러져 있었다. 잠들어 있다면 잠깐 나갔다가 다시 와야겠다고 생각했는데 의외로 커튼이 금세 열렸다. 환갑쯤 되어 보이는 여자가 커튼 안에서 나와 종종걸음으로 내 옆을 지나쳤다. 그리고 반쯤 열린 커튼 너머로 고개를 모로 돌린 채 누워 있는 이모가 보였다.

"이모, 저 왔어요."

나는 환자용 침대 옆에 놓인 간이침대에 걸터앉았다. 이모가 나를 슬쩍 보고는 너 왔구나, 중얼거렸다. 이모는 아주 작아져 있었다. 헐렁한 환자복 위로 드러난 목과 쇄골

이 앙상했다. 오래전에 막 깁스를 풀었던 이모의 왼쪽 다리가 떠올랐다. 피부가 얇아져 핏줄이 비치던 다리로 이모는 겨우 걸었다. 나는 잠시 동안 이모의 침대 주변을 둘러보다 무심코 입을 뗐다.

"누구 왔었어요?"

꽃이 담긴 유리병과 그 옆에 놓인 음료 박스를 보고 한 말이었다.

"응. 얘가 참 연락도 없이 불쑥 왔다 갔네."

"친구가요?"

"응, 친구."

나는 뭐라 할 말이 없어 가만히 고개를 끄덕였다. 대신 이모가 다시 입을 뗐다.

"너는 누구 만나고 오는 길이야?"

내가 날씨에 맞지 않는 여름용 원피스와 반팔 카디건을 입고 있는 것을 보고 한 말일 터였다.

"저도 친구 만나고 왔어요."

나는 카디건을 추슬러 단추를 채우며 대답했다. 이모가 또 물었다.

"호주는 어때? 여기보다 좀 나아?"

"여기보다는 좋아요. 카페에서만 일해도 돈 많이 벌고."

"좋은 곳인가 보네. 아주 살지 뭐 하러 왔어."

이모는 흐흐 하고 바람 빠지는 소리를 내며 웃더니 또
말했다.

"너는 하고 싶은 거 다 하고 살아. 미루면 안 돼."

"너무 하고 살아서 탈이에요, 저는."

나는 링거를 꽂았던 자국이 선연한 이모의 손등을 쓰다
듬으며 대답했다. 그때 반쯤 둘러져 있던 커튼을 누군가
바깥에서 젖혔다. 조금 전에 내 곁을 지나갔던 여자가 거
기 서 있었다.

"우리 조카예요. 여기는 나 돌봐주시는 아주머니셔."

이모가 말했다. 내가 일어나 인사하자 여자는 웃으면서
고개를 끄덕거렸다.

"조카두 오구, 오늘 잔치해도 되것네."

"다 죽어가는 마당에 잔치는 무슨. 나 죽으면 둘이 하세
요."

여자와 이모는 함께 웃었다. 나는 얼결에 따라 웃다가
여자의 손에 들린 네모난 상자를 보고 웃음을 멈췄다.

"조카님은 잠깐만 여 와 있어요. 내가 금방 갈아줄게."

여자는 그렇게 말하면서 상자를 열어 내용물을 꺼내 들
었다. 상자 속에 들어 있던 것은 타원형 모양의 비닐봉투
였다. 나는 물러서서 커튼을 당겨 침대를 가려주었다. 여
자와 이모는 그 와중에도 농담을 주고받는지 커튼 너머로

웃음소리가 들렸다. 생각해보면 이모는 예전부터 그렇게 우스갯소리를 잘했다. 이모를 태우고 망원과 신촌을 오가면서 정신없이 웃곤 했던 기억이 났다. 그게 스무 살 겨울이니 십 년 전의 일이었다. 그해 초겨울에 이모는 술에 취한 채 집 근처 빙판길에서 크게 넘어졌고, 왼쪽 정강이뼈와 무릎을 다쳤다. 뼈가 부러지고 인대가 찢어지는 심각한 부상이었다. 신촌 세브란스에서 수술과 입원 치료를 받은 뒤 다행히 뼈와 인대가 붙은 것이 확인되어 퇴원했지만, 완치되기까지는 시간이 더 필요했다. 일주일에 세 번씩 병원에 가서 상태를 확인하고 재활치료를 받아야 했던 것이다. 그런데 망원에 있는 이모의 집에서 신촌 세브란스까지 가는 것이 문제였다. 버스로 병원을 오가려면 이모가 넘어졌던 비탈길을 목발을 짚고 내려가야 했다. 택시 기사들이 좀체 망원동의 복잡한 골목까지 들어오려 하지 않았으므로 택시를 탈 수도 없었다. 마침 운전면허가 있고 평일 낮에 시간이 비던 내가 이모의 운전수로는 맞춤했다. 이모가 퇴원한 지 닷새쯤 지났을 때, 새어머니가 내게 진경 이모 이야기를 꺼냈다. 그즈음 나는 하릴없이 하루하루를 흘려보내고 있었다. 두 학기 내내 문턱이 닳도록 들락거렸던 문학 동아리방에 막 발길을 끊은 참이었다. 세상에는 나보다 똑똑하고 재능 있는 친구들이 많다는 걸 깨달았고, 그

렇게 똑똑한 친구들과 더 이상 어울리고 싶지 않다고 생각
했다. 겨울방학이 시작되고 나서는 대부분의 시간을 집 안
에서 보냈다. 영화를 보거나 책을 읽기도 했지만 그보다는
하릴없이 방 안에서 빈둥거리는 시간이 많았다. 처음 이모
와 병원에 다녀오던 날에, 이모는 두어 달 동안만 기사 노
릇을 해줄 수 없겠느냐고 내게 물었다. 이미 새어머니에게
전해들은 상황을 다시 들은 것이었다. 나는 한 번 더 좋다
고 대답했다. 이모가 다 나을 때까지 이모의 차를 써도 됐
으니 손해 볼 것 없다고 생각하기도 했지만, 그보다는 그
것 말고는 할 일이 없었기 때문이었고, 더 정확히 말하자
면 무언가 할 일이 필요했기 때문이었다. 그렇게 나는 그
겨울 동안 진경 이모를 태우고 망원동 주택가와 신촌 세브
란스를 오가게 됐다.

　잠시 후 여자가 비닐봉투와 젖은 솜뭉치를 한 손에 쥔
채 커튼을 열고 나왔다. 다시 이모의 곁에 앉자, 이모가 팔
을 뻗어 내 손을 붙잡았다.

　"얘, 현주야."

　"네, 이모."

　이모의 손에 힘이 들어갔다.

　"다음에 올 때 향수 하나만 좀 사다줄래? 향 너무 진한
것 말고. 그냥 향수."

새어머니는 기어코 침대를 주문했다. 그건 내 방을 다시 정리해야 한다는 뜻이기도 했다. 지금의 방에는 침대가 놓여 있던 자리에 이런저런 짐들이 쌓여 있어 요 하나를 펼치기도 비좁았다. 나는 쌓여 있는 상자와 보따리 중 내 물건이 아닌 것들을 거실로 내놓았다. 내 것으로 분류된 짐들은 내용물에 따라 다시 한번 버릴 것과 남길 것으로 나눴다. 대부분의 책과 더 이상 입지 않는 옷, 유통기한이 지나버린 화장품은 버릴 것으로 분류되었다. 남길 것의 목록에 들어간 것은 이석과 함께 살던 시절 사용했던 침실용 스탠드와 대학생 때 사두었던 시집 몇 권이 전부였다. 그리고 어느 쪽에도 들지 못한 것으로 망고의 장난감이 있었다. 망고가 너무 많이 깨물어서 다 터져버린 테니스공 몇 개를 나는 이석과 헤어지면서 챙겨 왔다. 망고를 기억한다고 가지고 왔던 것인데, 막상 가져와서는 꺼내놓지 않았다. 나는 보풀이 일어난 공의 표면에서 망고의 털을 한 가닥씩 떼어냈다. 망고의 온몸을 뒤덮고 있던 노랗고 복슬복슬한 털이었다. 그 털이 어찌나 많이 빠지던지, 하루라도 청소기를 돌리지 않으면 방바닥에 털 뭉치가 굴러다녔다. 나중에는 이석도 나도 섬유에 붙은 망고의 털이 도드라져 보이는 검은색 옷은 입지 않게 되었다. 망고도 나이가 들

170

었으니 요즘엔 털이 더 많이 빠질 것이었다. 나는 버릴 옷
이 쌓여 있는 더미 위로 터진 공을 던졌다. 옷 더미가 공에
맞아 풀썩 주저앉았다. 아무도 망고 같은 개를 거두지 않
을 것이었다.

한국에서는 할 일이 많았다. 호주로 떠나기 전에 환송
회를 열어주었던 친구들을 불러서 술을 마셨고, 십만 원
에 가까운 응시료를 내고 공인영어시험을 접수했으며, 취
업준비생들끼리 하는 스터디에 들어가 첫 모임을 가졌다.
그리고 향이 진하지 않은 향수를 찾아다녔다. 그건 생각보
다 어려운 일이었다. 향수들은 제각기 화사하거나 시원하
거나 달콤한 향을 풍겼는데, 그 모든 냄새들은 하나같이
짙고 독했다. 이모가 내게 부탁했던 것은 그저 탈취제 대
용으로 쓸 만한 향수라고 생각하면서도 나는 고르기를 멈
출 수 없었다. 동네에 있던 화장품 가게로는 성에 차지 않
아 백화점 향수 코너까지 둘러봤지만 역시 마음에 드는 물
건을 찾지는 못했다. 그렇게 향수를 고르다가 집으로 돌아
오면 시향한 향수들의 냄새가 옷과 머리카락에 배어 있었
다. 그리고 그 모든 냄새들은 이모와 무관하게 느껴졌다.
내가 알고 있는 한 이모는 향수를 뿌리는 사람이 아니었
다. 오히려 자신을 꾸미는 일에 서투르고 어색한 편이었다.

언제나 짧은 커트머리를 고수했고 화장도 거의 하지 않았다. 이모가 가장 멋을 낸 모습을 보았던 건 오래전 함께 갔던 결혼식에서였다. 이모의 친구가 결혼하던 날이었는데, 그날만큼은 이모도 제법 신경을 썼다. 오전에 이모와 나는 미용실에 가서 화장을 하고 머리를 다듬었다. 둘이 나란히 앉아 있는데 미용사 한 명이 다가와 우리가 무척 닮았다고 말해주었던 기억이 있다.

토요일 아침의 아파트 단지는 고요했다. 나는 아파트 현관 앞에 아버지의 세단을 세워놓고 이석과 망고를 기다렸다. 열어둔 창으로 찬송가 소리가 아주 작게 들려왔는데 교회는 보이지 않았다. 나는 이석에게 현관 앞에서 기다리는 중이라고 문자메시지를 보낸 뒤 휴대전화를 옆 좌석에 내려놓았다. 멀리서 보행보조기구를 짚은 노인이 천천히 이쪽으로 다가오고 있었다. 나는 망고에게 걸어줄 새 목줄을 만지작대며 노인을 지켜봤다. 노인이 내 시야를 지나쳐서 보이지 않게 되었을 때 휴대전화가 울렸다.

'지금 망고랑 내려가.'

'엘리베이터 탄다.'

이석의 문자메시지 두 통이 연달아 수신됐다. 마치 우리가 지금 영화라도 한 편 보러 간다는 투로 이석은 말하고 있었다. 나는 목줄을 양손으로 팽팽히 당겼다. 이제 이석과는 완전히 끝이었다. 물론 이석의 입장에서는 진작 정리된 관계였겠지만 나에게는 여기, 이석의 신혼집 코앞까지 온 이곳이 마지막 장이었다. 잠시 후 이석이 현관 밖으로 나왔다. 한 손에는 망고의 목줄을 쥐고, 다른 한 손에는 큼직한 더플백을 들고 있었다. 내가 차에서 내리자 망고가 꼬리를 흔들고 앞발을 공중에 버둥거리며 나를 반겼다. 망고는 여전히 나를 좋아했다. 나는 다가가서 망고의 따뜻한 이마를 쓸어주었다.

"고마워."

"고마워야지."

나는 이석이 넘겨준 목줄을 손에 쥐었다.

"이거는 사료랑 장난감 담은 거야. 가져가."

이석이 더플백의 지퍼를 열어 내용물을 보여주며 말했다. 나는 그것을 트렁크에 실었다.

"이제 가."

나는 말했다. 이석이 텅 빈 가방을 움켜쥔 채 잠시 그대로 서 있었다. 대학 시절처럼 청바지에 맨투맨 티셔츠를 입은 모습이 낯설지 않았다. 나는 잠시 동안 이석을 바라봤다. 유난히 작던 발과 처진 어깨, 쌍꺼풀 없이 긴 눈을 오랫동안 기억하고 싶었다.

"먼저 가. 너 가는 거 보고 갈게."

이석이 말했다. 나는 망고의 목줄을 풀어 이석에게 건넸다.

"이거 갖고 먼저 올라가."

이석은 때가 탄 목줄을 들고 잠시 서 있다가 뒤돌아서 아파트 현관 쪽으로 걸어갔다. 나는 망고에게 새 목줄을 채워주었다. 망고는 이석이 가버린 것도 아랑곳없이 꼬리를 흔들며 내 손을 핥아주었다. 나는 망고와 함께 이석이 사는 아파트를 빙 돌기 시작했다. 이석과 이석의 아내가 몇 번이고 걸었을 길이었다. 망고는 화단에 심어놓은 나무 밑동마다 다가가 냄새를 맡았고 그중 몇 개의 나무에는 오줌을 뿌렸다. 그렇게 걷고 나서 세워두었던 차가 보이는 곳으로 되돌아왔을 때, 아파트 현관에서 이석이 다시 나왔다. 여자와 함께였는데, 여자는 당연히 이석의 부인일 터였다. 나는 걸음을 멈추고 망고의 목줄을 바짝 짧게 잡았다. 다행히 망고는 이석 부부를 보지 못한 채 땅바닥 냄새를 맡느라 분주했다. 이석이 아파트 현관에서 조금 떨어진 곳에 주차되어 있는 흰색 승용차 운전석에 올라탔다. 여자는 조금 떨어진 채 이석이 나란히 서 있는 차들 사이로 후진하는 풍경을 지켜봐 주었다. 손으로 차양을 만들어 해를 가리고 있었으므로 얼굴이 제대로 보이지는 않았지만, 나는 여자가 웃고 있다는 것을 분명히 알 수 있었다. 이석의 차가 넓은 공간으로 완전히 빠져나오자 여자도 조수석에 올라탔다. 망고가 없는 주말을 누리러 어딘가로 떠나는 모양이었다. 나는 차가 코너를 돌아 보이지 않게 될 때까지 지켜보았다. 그리고 망고와 함께 아파트를 한 바퀴 더 돌았다.

나는 결국 향수를 사지 못한 채 진경 이모를 다시 찾았다. 이번에는 새어머니, 아버지와 함께였다. 일요일이라 문병을 온 사람들로 병실이 복닥거렸다. 진경 이모의 침대 옆에도 누군가가 앉아 있었는데, 이모와 나이가 비슷해 보이는 여자였다. 이모가 여자를 소개했다.

"여기는 선우라고, 친구예요."

이모가 우리를 보고 말했다.

"여기는 우리 언니랑 형부고, 얘는 조카야. 너 결혼식 때 얘가 나 데려다줬다."

우리는 서로 허리를 굽혀가며 인사했다. 나는 십 년 전에 보았을 여자의 예전 얼굴을 떠올려보려고 했다. 이모와 결혼식에 갔던 날은 기억이 나는데, 신부에 대해선 생각나는 것이 없었다. 내 기억으로 이모는 신부를 따로 찾아가 인사를 하지 않았다. 돌이켜 보면 그건 이상한 일이었다. 아픈 몸을 이끌고 거기까지 가서 얼굴 비춘 티도 내지 않고 식장을 나와버린 셈이니까. 그러고 보니 그날 이모는 친구들끼리 사진을 찍을 때에도 빠져 있었고 식이 끝난 뒤 식사도 하지 않았다. 내가 그런 생각에 골똘해져 있는 사이 여자가 외투와 가방을 챙겨 일어섰다.

"더 있다 가지 그래요. 우리가 괜히 왔는가 보네."

새어머니가 말했다.

"이제 애들 올 때가 돼서 안 그래도 가보려고 했어요. 말씀들 나누세요."

여자는 그렇게 말한 뒤 이모의 한쪽 손을 잠시 잡았다. 그리고 잰걸음으로 병실을 빠져나갔다. 이모는 비스듬히 세워놓은 침대에 등을 기대고 있었다. 지난 방문으로부터 고작 일주일쯤 지났을 뿐인데, 이모의 얼굴은 그새 더 마르고 파리해진 듯했다. 이모의 시간이 점점 빨라지고 있다는 사실이 실감 났다. 오래전, 또 다른 암 병동에 누워 있던 엄마를 나는 잠깐 동안 생각했다. 입원 후 엄마의 시간은 걷잡을 수 없이 빨라졌다. 이제 이모의 시간도 그렇게 흘러갈 터였다. 나는 이모가 덮은 얇은 이불을 잠시 잡았다가 놓았다. 그리고 트렌치코트 주머니에 손을 넣어 향수 상자를 만지작댔다. 향수는 짐을 정리하면서 찾아낸 것으로, 예전에 내가 이석에게 주려고 샀던 것이었다. 이미 관계가 끝나갈 무렵 나는 선물을 전하는 것으로 이석의 마음을 돌리려고 했었다. 그러나 어떤 이유에선지 끝내 전해주지 못했고, 향수는 포장된 그대로 서랍 구석에 남겨졌다.

"이모, 전에 부탁한 거 가져왔어요."

아버지와 새어머니가 잠시 자리를 비운 사이 내가 말했다.

"향수 말이야?"

나는 이모에게 향수 상자를 건네줬다. 이모가 포장을 뜯고 향수병을 꺼냈다. 병은 투명했고 떨어지는 물방울의 모양을 하고 있었다. 이모가 허공에 대고 향수를 뿌렸다. 햇빛 속에서 아주 작은 물방울들이 떠올랐다가 가라앉았다. 축축한 비 냄새가 났다. 나는 이모와 나란히 앉아 이모의 친구를 올려다보던 일을 생각했다. 신랑 신부가 입장하는 단 바로 옆자리에 우리는 앉아 있었다. 제법 유명한 발라드 가수가 참석해 축가를 불러주었고, 나는 가까이서 연예인을 보게 되어 기뻐했다. 가수는 당시 유행하던 창법대로 아주 낮은 목소리로 노래했다. 돌이켜 보면 경쾌한 가사의 축가를 그렇게 낮은 톤으로 부르는 것은 좀 이상한 일이었는데, 그때는 그렇게 생각하지 못했다. 그리고 내 옆자리에서 이모는 허밍으로 축가를 따라 불렀다. 나는 물론 테이블 건너편에 앉아 있는 노부부에게도 들릴 만한 소리였으므로 나는 당황했다. 그때 우리는 신부 측의 친척들과 함께 원탁에 둘러앉아 있었다. 안내를 맡은 남자가 식장 구석에 서 있던 우리를 그쪽으로 데려다주었다. 이모가 목발을 짚고 선 모습을 보고 한 행동이었을 텐데, 이모는 한동안 앉지 않겠다고 고집했다가 남자가 포기하고 돌아가자 뒤늦게 자리에 앉으려고 목발을 짚고 원탁 사이를 걸어갔다. 그때는 이미 예식이 시작되기 직전이라 우리의 움직임은 모두의 눈에 띄었을 터였다. 우리가 자리에 앉자마자 식장의 조명이 어두워지고 식이 진행됐다. 이모는 무심한 얼굴로 아직 신부와 신부의 아버지가 걸어가지 않은 단 위쪽을 가만히 올려다보고 있었다. 신랑 신부가 맞절을 하고 주례사를 할 때에도 이모는 식장의 텅 빈 구석을 그렇게 바라보았다. 그날의 기억은 그게 전부다. 아버지와 새어머니가 꽃이 담긴 화병을 들고 병실로 돌아왔다. 이미 시들어 끝부분이 말려들어 간 꽃잎에 물방울이 매달려 있었다. 결혼식에서 이모가 마음이 상해 있던 이유와, 이모에게 꾸준히 문병을 오는 친구에 대해 나는 잠시 동안 생각했다.

"시들었는데."

이모가 화병을 올려다보며 중얼거렸다.

"버릴까요?"

내가 묻자 이모가 고개를 끄덕였다. 나는 화병을 들고 병실을 나와 병원 지하로 내려갔다. 지하 1층의 상점가에서 다른 꽃을 살 작정이었는데, 내려가 보니 꽃가게가 사라지고 없었다. 지난 방문 때 확인했던 일을 그새 까맣게 잊어버렸던 것이다. 나는 빈 병을 들고 오래전 이모와 함께 왔던 곳을 천천히 걸었다. 오래전 이모를 처음 보았던 일이 떠올랐다. 아버지와 새어머니의 결혼식을 대신해 가진 저녁 식사 자리에서였다. 커다란 소갈비 식당에 양가 친지가 모였다. 양가 친지라고 해봤자 모인 사람들은 서른 명이 채 안 됐고, 새어머니 쪽에서 참석한 사람은 진경 이모를 포함해 열 명 남짓이었지만, 나는 그들을 받아들이기가 힘겨웠다. 그날 나는 몰래 자리를 빠져나왔다. 엄마가 죽고 나서 채 삼 년이 지나지 않은 시점이었다. 모든 것이 너무 빠르게 변한다고 생각했다. 나는 길 건너편 버스 정류장에 앉아 식당의 넓고 깨끗한 유리를, 그 속에서 먹고 떠드는 어른들을 말없이 노려보았다. 제법 시간이 지났는데 아무도 나를 찾지 않는다는 사실이 견딜 수 없이 서글프게 느껴질 때쯤, 진경 이모가 길을 건너 내게로 왔다. 어정쩡한 단발에 운동화와 구두의 중간쯤 되는 못생긴 신발을 신은 채였다. 그때가 진경 이모와의 첫 만남이었다. 우리는 한동안 그렇게 앉아 있다가 다시 식당으로 돌아갔다. 별다른 대화를 나누거나 하지도 않았다. 나중에 이모를 차에 태우고 망원과 신촌을 오가던 때에도 이모는 그날의 일을 다시 이야기한 적이 없다. 하지만 이모는 그날을 잊지 않았을 것이다. 그렇기에 어느 저녁, 내게 전화를 걸어 친구의 결혼식에 함께 가달라는 말을 할 수 있었을 것이다.

나는 시든 꽃을 버린 다음 암 병동 지하를 한 바퀴 더 돌아보았다. 그리고 이모가 누워 있는 병실로 돌아갔다. 가서 망고를 다시 만난 이야기를 해줘야겠다고 생각했다.

●

해가 지기 전에

해가 지기 전에
2020년 동아일보 신춘문예 당선작

기선은 휴게소 화장실 앞으로 길게 늘어선 줄 끝에 섰
다. 그의 앞으로는 기선과 동년배인 듯 보이는 여자들이
알록달록한 등산복을 입은 채로 서 있었다. 이 휴게소를
지나 설악산에 가는 단체 관광객일 거라고 기선은 짐작했
다. 그들은 화장실 순서를 기다리면서도 지퍼 백에 든 인
절미를 앞에서 뒤로 전달하며 하나씩 집어 먹었다. 기선은
제 또래의 여자가 떡을 씹으면서 볼일을 보는 모습을 떠올
리다가 자연히 비위가 상했다. 기선의 바로 앞 사람이 지
퍼 백 속 마지막 인절미를 집어 먹은 다음 허공에서 손을
털었다. 기선은 반사적으로 한 걸음 물러나 여자의 뒤통
수를 노려보았다. 몇 해 전 같았으면 이쯤에서 차로 되돌
아갔을지도 몰랐다. 차라리 병원에 도착할 때까지 소변을
참겠다고 생각했을 것이고 그게 가능했을 것이다. 그러나

몇 년 사이 기선은 빠르게 늙었다. 이제 기선은 예순여섯이었고 볼일을 조금만 참아도 요로에 통증을 느꼈다. 게다가 병원까지는 아직 길이 한참 남아 있었다. 마침내 차례가 되었을 때 기선은 변기 위에 오래 앉아서 방광을 완전히 비우려 애썼다. 볼일을 다 보고 나서는 아랫배를 손으로 눌러가며 잔뇨감이 있는지 확인했다. 모르긴 해도 남편 역시 그러고 있을 거라고 기선은 짐작했다. 얼마 전부터 남편은 전립선 문제로 앉아서 소변을 봤다. 변기에 오줌을 튀기지 않아 깔끔하기는 했다.

　병원은 도심에서 떨어진 바닷가에 있었다. 한때 인기 드라마의 촬영지가 되어 사람들이 몰려들었지만, 이제는 성수기에도 방문객이 드물어진 곳이었다. 가는 길은 멀고도 고단했다. 고속도로에 올라 두 시간 넘게 달려야 했고, 고속도로에서 갈라져 나와서는 비료 냄새가 풍기는 시골길을 지나야 했다. 마지막으로는 해변 옆으로 난 도로를 지나갔는데, 기선은 그 길만큼은 좋아했다. 휴게소에서 다시 차에 올라타며 기선은 그 길, 옆으로 짙푸른 바다와 모래밭이 펼쳐져 있던 해변 도로를 떠올렸다. 아름다운 길이었다. 아들이 정신병원에 입원해 있는 상황이 아니었다면 기선은 바다 냄새를 맡으려 차창을 내렸을 것이다. 남편에게 음악을 좀 틀어보라고 말했을지도 모른다. 그러나 아들의 입원 수속에 동행하던 날에도, 한 달 전 아들을 면회하러 가던 때에도 기선은 그렇게 하지 못했다. 그리고 오늘은 어느 때보다도 마음이 무거웠다. 이번에는 면회가 아니었다. 노부부는 아들을 외출시키기 위해 병원에 가는 중이었다. 외출이라니, 아들은 대체 그곳에 얼마나 더 있으려는 것일까. 처음에 아들은 한 달이라고 말했다. 대학병원 생활을 정리하고 제 병원을 차리기 전 잠깐 휴식이 필요하다며 한 달 동안 정신병원에 입원하고 싶다고 했다. 그때 기선은 너무나 충격을 받았기 때문에 잠시 시야가 어두워졌다.

"요즘 정신병원은 그런 곳이 아니에요."

어둠 속에서 아들이 말했다. 그러고는 최근에 우울감을 많이 느꼈던 것 같다고 털어놓았다. 기선은 오랫동안 아들을 세상의 온갖 위험으로부터 보호하기 위해 애썼다. 한평생 기선이 했던 모든 일이 그뿐이라 해도 좋을 만큼이었다. 그런데 아들은 난데없이 자신이 우울증 환자라고 고백했던 것이다. 그러니까, 위험은 바로 내부에 있었다고 말이다. 시야가 다시 환해지자 기선은 아들의 병세에 대해 캐물었다. 언제부터 우울증 약을 먹기 시작했는지, 혹여나 위험한 생각을 한 적이 없는지 질문했다. 나중에는 자신의 태도가 범인을 취조하는 형사 같았다고 후회하기도 했지만 당시에는 그런 것을 고려할 여유가 없었다. 다행히 아들은 위험한 상황은 아닌 것처럼 보였다. 적어도 아들과 함께 병원으로 가던 날에는 기선도 어느 정도 마음을 진정시킬 수 있었다. 병원까지 가는 동안 기선은 조수석에 앉아 옆자리의 아들을 바라봤다. 아들은 독일제 고급 승용차를 능숙하게 운전했다. 그 애가 웬만한 아파트 단지보다도 넓은 대학병원에 근무하기 시작하며 구입한 차였다. 비슷한 나이의 남자애들은 꿈도 못 꿀 자동차를 아들은 서른둘부터 몰고 다닌 것이다. 그런 남자가 기선의 아들이었다. 그날 기선은 아들의 잘생긴 옆얼굴을 찬찬히 관찰했다. 아들의 두 눈은 지성으로 빛났다. 그 애를 전혀 모르는 사람이 봐도 전문직에 종사하는 똑똑한 남자인 것을 알아볼 수 있을 법했다.

한때는 남편도 그런 사람이었다. 그는 수의사였고, 기선과 결혼할 무렵에는 시골 동네에서 소나 돼지 같은 커다란 가축을 진료했다. 기선은 가끔 남편의 일터에 따라가서 그가 일하는 모습을 지켜보기도 했다. 피범벅이 된 채로 암소의 엉덩이에서 송아지를 빼내던 남편의 모습을 기선은 또렷이 기억했다. 양팔로 송아지를 잡아당기던 자세, 탄탄한 팔 근육과 긴장으로 찌푸려진 미간을 눈꺼풀 안쪽에 그

려볼 수 있었다. 그때 그는 젊었고, 건강했고, 똑똑하기도
했다. 하지만 이제는 아니다. 방금 전에 그는 앉아서 오줌
을 눴다. 지금은 차에 달린 내비게이션을 다룰 줄 몰라 끙
끙대고 있다.

"목적지를 어떻게 입력하는 건지 모르겠네."

그가 내비게이션 화면을 누르다 말고 공중에서 손을 흔
들며 말했다. 휴게소까지는 단순한 길이라 기계의 도움 없
이도 잘 왔지만, 앞으로는 아니었다. 기선은 남편에게 잔소
리하고 싶은 마음을 억눌렀다. 아들의 차를 가지고 가자고
주장한 것은 기선이었다. 병원에서 나오는 길에는 아들이
다시 이 차를 운전하는 모습을 보고 싶었기 때문이다. 그
러나 가는 길부터 문제가 생길 줄은 몰랐다.

"그냥 가볼까."

남편이 말했다.

"갈 수 있겠어?"

"그럼 어째?"

기선은 젊은 사람에게 좀 물어보자고 말하려다가 입을
다물었다. 노부부가 정신병원에 간다는 사실을 알려주는
것만으로도 사람들은 뭔가를 넘겨짚을 터였다. 그게 무엇
이든 기선은 싫었다.

"가보자구. 가봤던 길이잖아."

기선이 말했다. 남편은 공중에서 허둥대던 오른손을 느릿느릿 핸들 위로 올렸다. 그러고는 핸들을 조금씩 돌려 차를 후진시켰다. 기선은 휴게소 앞 풍경을 잠깐 훑어봤다. 그들 부부보다 젊어 보이는 사람들이 실외 테이블에 앉아 음식을 먹고 담소를 나누고 있었다. 기선은 그들 중 누군가는 자신들과 목적지가 같기를 바랐다. 차가 휴게소를 빠져나오자 남편은 구부정한 자세로 정면을 주시하며 운전했다. 기선은 때때로 그를 곁눈질하며 창밖에 눈길을 주었다. 양옆으로 방음벽이 쳐진 풍경이 끝도 없이 지나갔다. 기선은 그 광경을 바라보다 까무룩 잠이 들어 아들에 대한 꿈을 꿨는데, 깨어났을 때에는 꿈의 내용이 전혀 기억나지 않았다. 어느새 차창 밖으로는 논밭과 비닐하우스들, 건물 한 채를 통째로 사용하는 식당들이 스쳐 지나가고 있었다. 남편은 그럭저럭 길을 잘 찾아온 모양이었다. 기선은 안심이 되는 한편 곧 병원에 들어가야 한다는 사실 때문에 초조해졌다. 규모를 갖춘 병원 건물과 환자복을 입고 있는 아들은 그 자체로 기선을 불안하게 했다. 게다가 정확히 어디가 아픈 것인지, 언제 다 나을 것인지도 알 수 없는 상황이 아닌가. 기선은 침울해지거나 불안해지지 않기 위해 눈에 띄는 식당 간판을 한 글자 한 글자 모두 읽었다. 나이 들어서 좋은 점은 멀리 있는 글씨가 잘 보인다는 것이었다. '36년 원조 간장게장'이나 '김영자 돼지갈비' 같은 가게 이름들을 기선은 작은 소리로 중얼거렸다. 몇 해 전, 아들이 군의관으로 복무하던 부대를 찾아가던 일이 떠올랐다. 그 길에도 이런 음식점들이 있었다. 맛도 없으면서 괜히 식당만 크게 차려놓은 곳들. 기선과 남편은 그런 곳으로 아들을 데려가지 않았다. 부부는 휴가 나온 아들과 함께 부대에서 가장 가까운 해변으로 드라이브를 갔다. 거기서 도시에서보다도 더 비싼 값에 해산물을 먹었다. 장성한 아들과 함께 멀리까지 가보았던 경험은 그게 전부였다. 아들이 외따로 떨어진 정신병원에 입원하기 전까지는 그랬다.

"이 길이 맞는 것 같아?"

남편이 물었다. 기선은 창밖으로 보이는 간판을 하나 더 읽었다. '낙원 오리백숙.'

"난 모르겠어."

"와봤던 길 같아?"

"글쎄, 모르겠다니까."

이런 곳의 풍경은 어딜 가나 비슷했다. 그걸 무슨 수로 구별해낼까.

"저기는 처음 보는 곳 같지?"

남편이 정면으로 턱짓을 하며 말했다. 기선은 눈을 가늘게 뜨고 정면의 건물을 바라봤다. '카페 몽마르뜨.' 확신하기는 어려웠지만 전에 본 적 없는 곳 같기는 했다.

"그런 것 같은데. 당신 지금 길을 헤매는 거야?"

"저기로 가서 길을 한번 물어보자. 커피도 마시고."

남편이 말했다. 건물이 점차 가까워지자 회백색으로 칠해진 세련된 외벽이 눈에 들어왔다. 카페는 제법 컸다. 남편이 가게 앞으로 차를 세웠다. 두 사람은 차에서 내렸다.

"난 화장실에 갔다 올게. 당신이 커피 주문해줘."

남편은 그렇게 말한 뒤 기선보다 앞서서 카페 입구로 휘적휘적 걸어갔다. 뒤통수에 남아 있는 가느다란 머리털 몇 가닥이 하늘거렸다. 갓 태어난 아기 새들의 머리통에 있을 법한 털이었다. 이런 연상이 떠오를 때면 여전히 남편을 좋아하고 있다는 생각이 들었다. 그에 대한 애정이 완전히 소모되지 않았다고 말이다. 젊은 시절에는 몰랐던 이런 감정은 노년기에 아주 중요한 것 같았다. 아마 앞으로는 더 중요해지지 않을까? 기선은 그런 생각을 하면서 카페 앞으로 걸어갔다. 카페로 들어가는 유리문에는 조그만 종이 달려 있어 그가 남편을 뒤따라 문을 열자 딸랑 하는 소리가 났다. 실내에는 신선한 커피 향이 감돌았다. 카운터 뒤에서 여자 종업원이 기선에게 인사를 건넸다. 마흔 살쯤 되었을까 싶었다. 기선은 천천히 카운터 쪽으로 걸어갔다. 그리고 아메리카노를 두 잔 주문했다. 그것이 기선이 가장 능숙하게 발음할 수 있는 커피였다.

"원두를 고르실 수가 있어요."

여자는 말했다.

"스페셜 블렌드랑 오리지널 블렌드가 있는데, 가벼운 맛, 무거운 맛이라고 보시면 돼요. 어느 걸로 하시겠어요?"

"가벼운 맛으로요. 둘 다."

어느새 화장실에서 나온 남편이 이쪽으로 걸어오고 있었다. 길을 물을 참인 모양이었다. 기선은 그가 어떻게 말을 꺼낼지 몰라 불안해졌다. 정신병원이라는 단어를 사용하지 않았으면 했다. 하지만 그 단어를 빼고 거기까지 가는 길을 묻는 것은 불가능할 터였다.

"길을 좀 여쭤봤으면 하는데요."

남편은 말했다.

"어느 쪽으로 가시는데요?"

여자는 여전히 싱글싱글 웃고 있었다. 기선은 남편의 오른팔을 잠시 잡았다가 풀었다. 남편의 팔은 마르고 탄력이라고는 없어서 공중에 매달린 막대기 같았다.

"이 근처 정신병원에요."

기선은 정신병원이라는 말이 유달리 길게 느껴졌고, 남편이 그 단어를 발음하는 몇 초 동안 허리를 꼿꼿이 했다.

"아, 병원 가시는 분들이 이쪽으로 많이 오세요. 요 앞에서 좌회전하시면 돼요. 조금만 더 가시면 멀리서도 병원 건물이 보일 거예요."

여자는 친절하게 설명해준 다음 한마디 덧붙였다.

"환우 분을 뵈러 가시나 봐요."

"우리 아들은 의사예요."

그렇게 말하고 기선은 빙그레 웃었다. 제대로 된 대답을 한 듯했다. 거짓말도 아니었다. 기선의 아들은 얼마 전까지 정신과 전문의로 일했다. 기선은 아들이 의대를 졸업하던 날을 기억했다. 아들은 수석 졸업생이었다. 백 명이 넘는 졸업생 중에 가장 우수한 학생이었다. 아들은 단상에 나가 졸업생 대표로 히포크라테스 선서를 했다. 남편이 그 모습을 카메라로 찍는 동안 기선은 흐르는 눈물을 연신 손수건으로 닦았다. 그 힘겨운 과정을 아들이 통과해냈다는 것, 그중에서도 가장 뛰어난 성취를 거두었다는 것이 자랑스러웠다. 졸업식이 끝나고 기선과 남편은 아들을 사이에 두고 사진을 여러 장 찍었다. 그리고 그 사진들 중에 아들이 가장 잘 나온 것을 엄선해 거실의 콘솔 위에 놓아두었다. 집을 방문하는 사람들 모두가 볼 수 있도록. 어젯밤 기선은 그 사진을 치울지 말지 오래 고민했다. 어쩌면 아들은 의사가 된 것을 후회하고 있을지도 몰랐다. 정신과 의사로 일하면서 불행한 사람들을 너무 많이 만났을 테니까.

기선은 아들이 가여웠고, 어서 아들을 그 기괴한 병원에서
구출해내고 싶었다. 그곳에서 아들이 제대로 치료를 받을
수 있을 것 같지가 않았다. 오히려 집에 데려다 놓고 푹 쉬
게 하면 더 좋을 것 같았다. 오래전, 홍역으로 학교를 일주
일쯤 빠져야 했을 때처럼. 그때 기선은 아들이 완전히 회
복되고 나서도 며칠 더 학교를 쉬게 했다.

주문한 커피가 나왔을 때, 남편은 전화를 받으며 잠시
나갔다 오겠다고 했다.
"그럼 나는 차에 가 있을게."
기선은 자리에서 일어나 성큼성큼 카페를 가로질러 가
는 남편의 뒤통수에 대고 외쳤다. 이런 곳에 혼자 있고 싶
지는 않았다. 그건 자신의 나이에 어울리지 않는 행동처럼
느껴졌다. 잠시 후 기선은 뜨거운 커피 두 잔을 들고 가게
를 나섰다. 머리 위에서 다시 한번 딸랑, 종이 울렸다. 통화
중인 남편에게 커피를 건네준 다음 기선은 차에 올라탔고,
조수석에 앉아 천천히 커피를 마셨다. 차창 밖으로 보이는
풍경이 훌륭했다. 멀리 보이는 산들은 울긋불긋 물들어 있
었다. 아마 병원의 풍경도 이전보다 좋을 듯했다. 지난번에
방문했을 때 아들은 병원의 모든 것이 마음에 든다고 말했
다. 자신이 묵는 병실은 원래 호텔이었다고 일러주기도 했

다. 병원은 오래전 해변이 번화하던 시절에 건설된 호텔을 병실로 개조해서 사용하는데, 그 덕분에 병실 내부의 세간이며 화장실이 근사하다고, 마치 호텔에 한 번도 가보지 않은 소년처럼 아들은 말했다. 기선은 그 말을 듣자마자 아들의 병실에 올라가 보고 싶다는 말을 억눌러야 했다. 더는 그렇게 굴어서는 안 됐다. 그런 기선의 심정을 알 길 없는 아들은 다음 주부터는 매점에서 하루에 세 시간씩 일을 하게 됐다는 이야기도 들려주었다. 많은 환우들을 만나게 되니 재미있을 거라고. 아들의 표정이 진심으로 즐거워 보였으므로 기선은 그 말을 믿을 수밖에 없었다. 그리고 그 행복감이 기선을 불안하게 했다. 처음에는 한 달이라던 입원 기간은 벌써 두 달 넘게 길어지고 있었다.

"엄마, 걱정 마세요."

아들은 그렇게 말하며 천진하게 웃었다. 생각해보면 아들은 종종 그 말을 했다. 입대를 앞두고도 그랬고, 의대에 진학하고 싶다는 이야기를 꺼낼 때에도 그랬다. 기선이 아들을 걱정할 때, 좀 더 정확히 말하자면 기선이 불안감에 빠져 있을 때 아들은 그런 말로 기선을 달래주었다. 그리고 대체로 아들은 그 말을 지켰다. 힘들다는 의대 공부를 하면서도 건강을 잃지 않았고, 군의관으로 무탈하게 복무

하다가 제대했다. 그러나 그날, 기선이 환자복을 입은 아들의 옆에 앉아서 떠올렸던 것은 아들의 그런 믿음직한 모습이 아니었다. 그때 기선은 아들에게 보조 바퀴가 달린 자전거를 사주었던 날을 회상했다. 그날도 아들은 같은 말을 했다.

"엄마, 걱정하지 마."

아들은 기선과 손가락을 걸고 약속했다. 자전거를 타는 동안에는 반드시 헬멧을 쓸 것, 자전거는 아파트 단지 안에서만 탈 것. 아들은 그 자전거를 무척 좋아했다. 혼자서 자전거를 끌고 나가 한참 동안 아파트를 빙빙 돌고는 했다. 기선은 베란다에 서서 아이가 자전거 타기를 그만둘 때까지 그 모습을 지켜봤다. 혹여나 아이가 넘어져 다치지는 않을지 불안해하면서, 다른 소년들이 아이에게 말을 걸어주기를 기원하면서. 다행히 아들은 친구들을 사귀기 시작했지만, 그 애들은 나쁜 친구들이었던 것으로 나중에 판명이 났다. 그 애들 중 하나가 드라이버를 가져와 아들의 자전거에 달린 보조 바퀴를 떼어냈다. 겨우 여덟아홉 살 먹은 녀석들이 그런 기구를 사용했다는 것이 기선은 지금도 놀랍고 경악스러웠다. 기선은 아들에게 직접 그 소년들의 집으로 전화를 걸라고 시켰다. 그런 다음에는 절교하자는 말을 하게 했다. 기선이 지켜보는 가운데서 아들은 전

화를 걸고 우리 이제 친구 그만하자, 같은 말을 우물거렸
다. 아들이 발음을 지나치게 뭉치거나 눈물을 닦느라 제대
로 말을 하지 못하면 기선은 스케치북에 아들이 해야 할
말을 적어주었다. 그러면 아들은 그 문장을 그대로 읽었다.
보조 바퀴가 떨어진 자전거는 그 후로 어찌 되었는지 기억
나지 않았다. 버렸거나 팔았던 것 같다. 기선은 그 일이, 혹
은 그와 비슷한 자잘한 사건들이 아들의 병에 영향을 주었
을지도 모른다고 생각했다. 물론 그 모든 것은 아들을 위
한 일들이었지만, 그 애는 그런 기선의 마음을 헤아리기에
는 너무 어렸을 것이다. 기선은 커피를 홀짝였다. 쌉쌀하고
미지근한 액체가 식도를 타고 위장으로 흘러내렸다. 커피
는 너무 썼다. 가벼운 맛이라더니, 하나도 가볍지 않았다.
기선은 커피가 든 종이컵을 운전석과 조수석 사이에 있는
홀더에 끼워 넣었다. 홀더 주변은 알 수 없는 액체들이 말
라붙은 자국으로 지저분했다. 기선은 아들이 없는 동안 차
를 청소하지 않은 것을 후회했다. 산뜻한 공간에서 아들을
맞아줄 수 있었다면 좋았을 텐데. 엊그제부터 집을 청소한
다고 그렇게나 부산을 떨어놓고 차에는 신경을 쓰지 못한
것이다. 기선은 차 안의 풍경을 새삼 찬찬히 살폈다. 아들
의 손때가 묻은 핸들과, 아들의 체형에 맞게 조절되어 있
는 좌석, 룸미러 아래 매달려 있는 작은 방향제 같은 사물

이 애틋하게 느껴졌다. 기선은 룸미러 아래로 얼굴을 가까이 가져다 대고 방향제의 냄새를 맡았다. 딸기 향. 어린 애들이 먹는 물약 같은 것에서 나는 달콤한 딸기 냄새가 났다. 그러고 나서 기선은 조수석 앞에 달린 서랍을 열었다. 거기에는 수첩 한 권과 휴대전화 충전기, 그리고 거의 다 사용한 핸드크림이 하나 담겨 있었다. 기선은 수첩을 꺼내 들었다. 그건 병원에서 해마다 나눠 주는 다이어리였다. 표지에 박힌 숫자로 보아 작년에 받은 것임을 알 수 있었다. 기선은 그것을 펼친 다음 한 장씩 넘겨 보았다. 별다른 것은 없었다. 아들은 날짜별로 할 일을 적어놓았을 뿐이었고 그마저도 2월부터는 적힌 것이 많지 않았다. 3월의 메모는 두 개뿐이었다. 20일에 학회 발표가 있었고 25일에 동창회가 있었다. 그다음 4월에는 단 한 단어가 적혀 있었다. 4월 19일 오기선. 그날은 기선의 생일이었다. 아들이 자신의 이름을 적어놓은 것, 엄마나 어머니라고 자신을 호칭하지 않은 것에 기선은 약간의 충격을 받았다. 기선은 달력을 넘겨 8월을 찾았다. 남편에 대해서도 그랬을까 궁금했다. 그러나 6월 이후로 아들은 아무것도 적지 않았다. 기선은 작년 자신의 생일날을 떠올려봤다. 별다를 것은 없었던 하루였다. 저녁 무렵 아들이 집에 들러서 세 사람은 오랜만에 함께 식사했다. 기선은 아들 앞으로 갈비찜과 잡채를 밀어주었는데, 아들은 잘 먹지 못했다. 속이 더부룩하다고 했다. 기선이 일에 대해 묻자 여느 때처럼 괜찮다고만 대답했다.

"다들 와서 부모 욕을 하다가 약이나 받아 가는 거죠. 어릴 때 아빠한테 맞았어요, 엄마가 억지로 논술 학원에 보냈어요, 그런 말요."

보리차로 입을 헹구고 나서 아들은 그렇게 덧붙였다.

"그렇지. 우리나라 부모들이 문제가 많아."

옆에서 남편이 한마디 거들었다.

기선은 수첩을 내려놓은 채 식은 커피를 들고 차에서 내렸다. 카페에 가서 설탕을 좀 넣을 작정이었다. 기선은 그런 생각을 하다가 바닥이 제 시야를 덮친다고 느꼈고, 몇 초 후에는 자신이 넘어져 있다는 것을 깨달았다. 마치 절을 하는 사람처럼 기선은 카페로 들어가는 계단 앞에 엎어져 있었다.

"당신 괜찮아?"

기선이 넘어지는 것을 보고 남편이 달려왔다. 그리고 기선을 일으켜 세웠다. 기선은 남편의 도움을 받아 몸을 일으키며 원피스 앞부분에 커피가 쏟아졌다는 사실을 알았다.

"괜찮아."

무릎이 까졌고 아끼던 원피스가 엉망이 됐다는 사실에 화가 났지만 기선은 그렇게 말했다.

"커피가 조금 써서 그랬어. 설탕을 넣으려다가."

남편은 기선을 차가 있는 곳까지 부축해주었다. 남편이 다시 차를 출발시키려 했을 때, 기선은 남편의 팔 위에 손을 얹었다. 당장은 병원에 가고 싶지 않았다. 기선은 여기서 조금만 쉬어 가자고 말했다. 카페에서 조금만 머물다 가자고. 남편은 선선히 기선에게 동의해주며 차의 시동을 껐다.

두 사람은 창 바로 아래 테이블에 마주 앉았다. 남편은 새로 주문한 녹차를 홀짝였다. 기선은 자갈이 박힌 자국이 생긴 손바닥을 주무르며 잠시 창밖 풍경을 바라봤다. 산자락에 과수원이 펼쳐져 있었고 그 근처로는 주택 몇 채가 흩어져 있었다. 한가하고 편안해 보이는 풍경이었다. 기선도 그런 곳에 살았던 적이 있었다. 대체로는 그 시절을 잊고 지냈지만, 한 번도 완전히 잊어버린 적은 없었다. 기선은 바로 그런 곳에서 태어나 결혼했고, 아들을 낳을 때까지 살았다. 두 번의 유산 끝에 얻은 귀한 자식이었다. 기선은 아직도 아기였던 아들의 건강하던 뺨과 기다란 속눈썹을 떠올릴 수 있었다. 아들이 아기침대 위에 모로 누워 잠들어 있던 모습, 남편과 함께 마당에서 아들을 목욕시키던 주말 오후도 마찬가지였다. 그것보다 더 내밀한 기억도 있었다. 아들과 단둘이서만 보낸 시간을 기선은 아무와도 공유하지 않은 채 혼자서만 간직했다. 온종일 천장에 매달린 모빌만 뚫어져라 바라보던 아이의 표정이나, 조그만 수저로 이유식 그릇을 조금씩 파헤치던 모습 같은 것을. 아이는 작은 것에 집중하는 것을 좋아해서, 별것 아닌 헝겊 인형 같은 것에도 깊이 몰두하곤 했다. 마치 그것을 눈으로만 봐서는 만족할 수 없다는 것처럼 인형의 겉면과 봉제선을 모두 손으로 확인했다. 기선은 아들이 그런 혼자만의 놀이를 하는 것을 가만히 지켜보곤 했다. 다시없이 사랑스럽고 영특한 아이였다. 기선은 아이가 분명 과학자나 예술가 같은 직업을 가지게 될 거라고 짐작했고, 그 짐작은 정확히 맞았다.

"여보."

남편이 먼 곳을 바라보는 기선을 불렀다.

"아까 병원에서 전화가 왔어."

병원 이야기가 나오자 기선은 반사적으로 휴대전화를 열어 시간을 확인했다. 방문하기로 미리 정해둔 시간까지는 아직 여유가 있었다.

"왜? 뭐래?"

"우리 돌아가야 해." 남편은 고개를 흔들었다. "사정이 있다고 오지 말라는군."

기선은 대체 무슨 사정이냐고 물으려다가 입을 다물었다. 어떻게 된 일인지 알 것만 같았다.

"영환이가 오지 말래?"

남편은 대답하지 못했다. 한동안 두 사람은 함께 침묵을 지켰다.

'곧 있으면 네가 묵는 건물이 멀리서도 보일 텐데.'

기선은 그런 생각을 하며 한동안 눈을 감은 채 있었다. 다시 눈을 떴을 때에는 남편의 근심스러운 얼굴이 보였다. 기선은 그의 주름진 손을 잠깐 잡았다가 놓았다. 오래전 두 사람은 고향을 떠나 상경했다. 도시에서 남편은 더이상 커다란 동물들을 진료하지 않았다. 대신 아파트 단지 안에 있는 상가에 동물병원을 차려 거기에서 작은 강아지나 고양이들을 진찰했다. 예방주사를 놓아주고, 중성화 수술을 집도했다. 병원 한쪽은 가게로 꾸며 사료와 간식, 장난감도 팔았다. 농촌에서보다 모든 것이 수월했다. 물론 난처한 일이 아주 없지는 않았다. 한밤중에 돼지 축사로 달려오라는 전화를 받거나, 구제역에 걸린 소들을 한 마리씩 주사 놓아 안락사시켜야 했던 것과는 다른 종류의 난감한 일들이 있었다. 한번은 중학생쯤 되어 보이는 여자애가 플라스틱 케이스에 든 햄스터를 데리고 온 적이 있다고 했다. 그렇게 작은 동물은 치료가 어렵다고 좋은 말로 달랬는데, 듣지 않고 병원에 앉아 한참을 울더라고 남편은 지금처럼 피로한 얼굴로 말했다. 그때 남편에게 적절한 위로를 해주었는지 기선은 기억할 수 없었다. 그때로 다시 돌아간다 해도 무슨 말을 해야 할지 기선은 알 수 없을 것 같았다. 다만 지금 할 수 있는 말은 한마디 떠올랐다.

"우리 해변 길 따라서 드라이브라도 하고 가."

기선은 그 길을 지나야만 집으로 돌아갈 수 있다는 것을 알면서도 그렇게 말했다. 근사한 풍경을 보는 일이 남편에게 도움이 될지 몰랐다. 적어도 기선에게는 그럴 것 같았다.

잠시 후 두 사람은 카페에서 나와 다시 차에 올라탔다. 기선은 조수석에 놓여 있던 아들의 수첩을 다시 조수석 서랍에 집어넣은 다음 안전벨트를 맸다. 남편이 차를 출발시켰다. 이윽고 차가 아름다운 해변 도로를 달리기 시작했지만, 두 사람은 바닷가 풍경에 대해서 말하지 않았다. 기선은 근심에 잠긴 남편의 옆얼굴을 바라보다가 바다 쪽으로 시선을 돌렸다. 백사장은 거의 텅 비어 있었다. 바다에서는 몇 안 되는 사람들이 멀찍이 떨어져서 서프보드를 탔다. 알록달록한 서프보드가 파도 속으로 가라앉았다가 다시 떠오르곤 했다. 인적 드문 해변을 찾아 일부러 이곳까지 왔겠지만, 기선의 눈에는 위험하게 보였다. 만약 바다에 빠진다면 곧바로 도움을 청할 데도 없을 테니까. 멀리 공중에서는 햇빛이 반짝거렸다. 기선은 차창을 반쯤 내린 채 공중에서 반짝이는 빛을 유심히 봤다. 빛의 가루 같은 것이 흩날리고 있었다. 물고기의 비늘이 공중에서 흩어지는 것 같았다. 잠시 뒤 기선은 그것이 불꽃이라는 것을 알았다. 아주 잠깐 동안 빛의 부스러기가 공중에 피어올랐다가 사라지며 회색 연기가 감돌았다. 누군가 불꽃놀이를 하고 있는 것이다.

"대낮에 불꽃놀이를 하는구먼."

남편이 눈을 가늘게 뜬 채 해변 쪽을 흘끗거리며 중얼거렸다. 차는 금세 그곳을 지나쳐 갔지만, 기선은 그 이상한 풍경에 대해 골똘해졌다.

'어째서?'

일몰까지는 두 시간이 채 남지 않았다. 두 시간만 기다리면 제대로 된 불꽃을 터뜨릴 수 있었다. 그러나 누군가 조급하게 불꽃놀이를 시작했다. 차는 이제 모래 깔린 바닷가를 지나서, 도로 옆으로는 커다란 바위들이 있는 해안이 펼쳐졌다. 기선은 쾌청한 하늘에 방금 전에 보았던 빛의 부스러기를 그려보았다. '작고 초라하다.' 그런 말밖에는 해줄 수 없는 빛이었다. 기선은 일몰을 기다리지 못하고 폭죽에 불을 붙이는 누군가를 잠시 동안 상상해봤다. 심지의 끝에 불붙은 성냥을 가져다 대는 손과, 하늘을 올려다보는 뒷모습을. 그리고 빛보다 더 오래 허공을 차지하고 있는 연기를. 차가 어느새 해변 도로를 완전히 지나쳐서, 더는 바다가 보이지 않았다.

●

해피 투게더

밖으로 나가기 직전, 나는 건물 층계참에 서서 창밖의 해주를 바라보았다. 해주는 자신의 구형 소나타 앞에 서 있었다. 품이 넉넉한 검은 티셔츠에 면바지 차림이었고, 여름마다 고수하던 스타일대로 숱 많은 머리카락을 정수리 위로 틀어 올리고 있었다. 나는 심호흡을 하고 계단을 내려갔다. 곧 해주가 나를 보고 손을 흔들었다. 걱정했던 것처럼 놀라거나 당황한 모습은 아니었다. 해주는 웃고 있었다. 마스크를 쓰고 있었지만 나는 그걸 알 수 있었다.

"뭐야. 너무 예뻐져서 못 알아보겠다."

해주가 높고 경쾌한 톤으로 말했다.

"오바는. 얼굴 보이지도 않는데."

나는 그렇게 말하며 마스크를 내려 해주가 보지도 않고 예쁘다고 칭찬한 얼굴을 내비쳤다.

"아닌데, 진짠데."

"넌 똑같다."

"늙었지. 눈 밑에 주름 봐."

"그건 그렇다. 나도 그래."

해주는 킬킬대면서 내가 들고 있던 커다란 가방을 받아 들었다. 가방 속에는 실내복 몇 벌과 약봉지들, 그리고 책 한 권이 들어 있었는데, 모두 내가 해주네에서 머물 한 주 동안 필요한 물건들이었다. 해주가 자동차 뒷좌석에 가방을 실었다. 우리는 출발했다. 나는 한동안 조용히 있다가 자동차가 해방촌의 복잡한 골목을 지나 넓은 도로로 빠져나왔을 때 해주에게 다시 말을 걸었다.

"어떻게 된 거야?"

어젯밤 해주는 내게 전화를 걸어 최근의 일들을 털어놓았는데, 상황이 좋지 않은 것 같았다. 통화 끝에 해주는 며칠만 집에 와줄 수 있냐고 물었다. 해주에게 그런 부탁을 받은 것은 처음이었다.

"어제 얘기한 대로야. 그만 사는 거지 뭐."

해주는 검지로 핸들을 톡톡 두드리며 별일 아니라는 듯 대답했다.

"마음 굳혔어?"

"응. 이혼할 거야."

나는 해주의 선택을 지지한다는 뜻으로 고개를 끄덕였다. 해주는 오래전에 대학 동문인 민형과 결혼했는데, 두 사람이 결혼했을 무렵에 나는 해주와 민형 모두와 친구였다.

해주네 아파트에는 민형의 흔적이 그대로 남아 있었다. 결혼사진이 거실 벽에 걸려 있었고, 식탁에는 두 사람이 이것저것 일정을 적어놓은 달력이 세워져 있었다. 베란다에 놓인 건조대에는 민형의 와이셔츠며 실내복 여러 벌이 걸려 있었는데, 해주는 집에 들어가자마자 그것들을 거두기 시작했다. 그러면서 내게는 예전처럼 작은방을 사용하면 된다고 말해주었다. 나는 작은방에서 옷을 갈아입고 간단히 짐을 정리했다. 다시 거실로 나오자 소파에 앉아 민형의 옷을 개는 해주가 보였다.

"다음에 오면 들려 보내려고."

해주는 다소 변명하는 것 같은 말투로 그렇게 말하고는, 빨래 더미에서 티셔츠를 집어 세로로 한 번, 가로로 한 번 단정히 접었다. 민형은 해주와 다툰 이후 집을 나가 며칠째 연락이 닿지 않고 있었다. 해주는 아마 시댁에 가 있을 거라고 짐작했지만 자세히는 모르는 것 같았고, 일부러 신경 쓰지 않으려 하는 눈치였다. 나는 소파에 앉아서 해주와 함께 민형의 옷을 개기 시작했다. 쌓여 있던 빨래 더미를 거의 다 갰을 즘 해주는 이제 뭘 할까, 하고 한가로이 물었다. 그러고는 내가 뭐라 대답하기 전에 마트에서 재료를 사 와 봉골레 파스타를 만들어 먹자고 제안했다. 모시조개를 화이트와인에 볶아 요리한 적이 있는데, 맛이 제법 그럴듯했다고 말이다. 나는 선뜻 그러자고 했다가 해주가 와인을 먹어선 안 되겠다는 생각이 들어 반대했다. 해주는 내일 오후에 임신중절 수술을 치를 예정이었다.

한때 해주와 민형은 아이를 갖기 위해 노력했다. 결혼한 이듬해부터 일 년 남짓한 시간이었다고 기억한다. 시작은 해주가 난관수종으로 인해 자연임신이 어렵다는 얘기를 들으면서부터였다. 해주 부부는 병원에서 권한 대로 시험관 시술을 몇 번 시도했지만 결과가 좋지 않았다. 세 번째 시술이 실패한 이후 두 사람은 아이 갖는 일을 깨끗이 체념하기로 했다. 그리고 한동안은 두 사람 모두 술에 취해 지냈다. 딩크족 부부의 탄생을 축하하자며 나를 불러 단출한 파티를 열기도 했다. 그날 해주와 민형은 만취한 채 아이가 없는 부부만 할 수 있는 일들을 해보겠다고 호언했다. 아이를 키울 비용으로 여유로운 노후를 준비하고, 단둘이서 해외로 여행을 떠나고, 주말이면 독립 영화관에서 영화를 보겠다고. 그리고 대학 시절 그랬던 것처럼 나와도 시간을 많이 보내고 싶다고. 두 사람의 공약은 대부분 지켜지지 않았지만, 그래도 나와는 이전보다 자주 어울리게 됐다. 우리는 거의 한 달에 한 번꼴로 만났다. 주로 해주 부부가 날을 정해 나를 불렀고, 나는 와인을 사 들고 해주네 아파트로 갔다. 그러고는 밤늦게까지, 때로는 동이 틀 무렵까지 술을 마셨다. 셋이 함께 나눌 수 있는 이야기가 아직은 풍성하게 남아 있던 시절이었다. 새벽이 되면 우리는 불콰해진 얼굴을 식히러 다 함께 베란다로 나갔다. 나는 지금도 거기서 두 친구와 함께 서 있던 밤들을 기억한다. 언젠가는 듬성듬성 불 켜진 건너편 아파트를 바라보면서, 저기로 이사를 오라고 민형이 내게 농담을 한 적도 있다. 그러면 매일 셋이서 술을 마실 수 있다고 말이다. 작은 출판사에 다니며 박봉을 받던 나로서는 어림없는 일이었지만, 그 순간 민형의 말은 다정하게 들렸다. 어쩌다 사무실에 혼자 남는 밤이면 나는 탁상 달력을 뒤적거리며 해주 부부가 언제 또 나를 불러줄지 셈해보았다. 어쩌면 나는 두 사람이 내가 없는 시간에도 그렇듯 즐거운 분위기를 유지할 거라고 막연하게 믿었던 것 같다.

그러나 얼마 전 민형은 자신은 아이 없는 삶에 만족한 적이 없다고 폭언을 했다. 며칠 내내 이어진 해주와의 다툼 끝에 나온 말이었다. 당장 아이를 낳는 일이며 아이를 키우는 데 드는 품과 돈과 시간을 도저히 감당할 수 없다는 해주와 달리, 민형은 아이를 반드시 낳아야 한다고 주장했다. 해주가 아이를 가졌다는 소식을 듣자마자 민형이 가장 먼저 한 말은 '오래 기다린 축복'이었다.

"축복이라니 기막히지?"

해주는 칼국수 면을 우물거리면서 말했다. 우리는 부엌의 둥근 식탁에 마주 앉아 저녁을 먹고 있었다. 아직 바깥에는 저녁 빛이 남아 있었지만 식탁 위의 노란 전등을 켜놓았고, 그 불빛이 해주의 머리 위에 금빛 테두리를 만들었다.

"그러게 축복이라니."

나는 옛 친구의 실언에 고개를 절레절레 흔들었다.

"그래도 좋다."

해주가 또 말했다.

"뭐가?"

"너랑 이런 얘길 하는 게 더 편해진 느낌이야. 물론 전에도 그랬지만."

"그래, 그건 참 좋네."

우리는 막 한패가 된 악당들처럼 낄낄댔다. 잠시 뒤 웃음을 멈춘 해주가 내 어깨 너머로 어둑한 거실을 바라봤다.

"사실 그전부터 좀 그랬어. 요즘엔 집에 오면 맨날 저기

누워서 유튜브만 봤거든."

나는 고개를 돌려 해주가 '저기'라고 말한, 가죽이 반들 반들 닳은 소파를 바라봤다. 민형이 누웠던 자리에는 해주와 내가 개켜놓은 민형의 옷들이 가지런히 쌓여 있었다.

"사실은 그게 정말 싫었어."

"퇴근하고 누워 있는 거?"

"아니, 유튜브 보는 거. 영화 해설하는 이상한 채널을 봤거든. 멍청한 소리 하는 유튜버들 있잖아. 그리고 얼마 전에는,"

해주는 거기까지 말하고 호흡을 한번 가다듬었다.

"왕가위 보고 '재능충'이라고 했어. 그게 뭐 재미난 말인 것처럼."

나는 재능충이란 말을 곱씹으며 고개를 끄덕였다. 나와 해주, 그리고 민형은 대학 내 영화 동아리에서 처음 만났다. 왕가위 감독의 「화양연화」가 개봉하던 해였고, 우리는 모두 왕가위의 팬이었다.

다음 날 나와 해주는 택시를 타고 병원으로 갔다. 해주는 담담했다. 택시 안에서도, 병원 복도를 오가며 이런저런 검사를 받는 동안에도 특별히 긴장한 것 같지는 않았다. 회복실에서 수액을 맞으며 수술을 기다릴 때, 내가 무섭지 않느냐고 묻자 해주는 별로, 하고 무덤덤하게 대답했다.

"이혼하고 먹고살 일 생각하면 이건 별로 신경도 안 쓰여. 그냥 혹 떼는 느낌이야."

"그래. 혹은 나도 떼봤는데, 별것 아니더라고."

나는 환자복을 입고 누운 해주를 바라보며 농담을 했다. 해주는 그 말이 재밌다는 듯 깔깔댔다.

"너는 수술 어땠어?"

"그냥 뭐, 끔찍했지."

해주는 내 대답을 듣고는 물끄러미 나를 올려다봤다. 그러고는 그동안 곁에 있지 못해 미안하다고 말했는데, 사실 해주가 사과할 일은 아니었다. 달라진 모습으로 만나자고 얘기한 건 나였으니까. 다만 해주가 수술실로 들어가 혼자 회복실에 남겨졌을 때에는 사과해주어 고맙다는 마음이 되기는 했다. 연락하지 말라고 선언한 뒤에도 나는 해주를 기다렸다. 늦은 밤 걸려오는 전화나, 느닷없이 안부를 묻는 문자메시지를. 만약 해주가 그렇게 해주었다면 나는 못 이기는 척 해주를 만나 변해가는 모습을 보여주었을 것이다. 그러나 해주는 그러지 않았고, 나 역시 해주처럼 도움을 청하지 못했다.

나는 태국에서 수술을 치렀다. 혼자서 방콕으로 떠났고, 그곳에서 장의 일부를 떼어내는 대수술을 받았다. 수술의 모든 과정은 고통스러웠다. 긴장해서 한순간도 잠들지 못한 채 태국행 비행기에 여섯 시간을 앉아 있던 것이며, 마취에서 깨어나던 순간의 통증, 회복을 위해 며칠 동안 같은 자세로 누워 가만히 천장을 올려다봐야 했던 일 전부가. 심지어 회복기에 마셨던 구아버 주스와 호박 수프의 이국적인 맛에도 적응이 되지 않았다. 수술 후 며칠 동안은 오직 액체만 먹을 수 있었고, 대용식으로 제공되었던 건 그런 음료들뿐이었다. 내가 고개를 들어 빨대를 물 때마다 간호사 얀은 "브레이브 레이디"라고 칭찬해주었는데, 그때만큼은 내가 무언가를 해냈다는 것이 실감 났다. 얀은 나처럼 성전환 수술을 전후한 환자들이 지내는 병동을 담당했다. 얀 역시 트랜스젠더였다. 조금 더 회복한 뒤에 나는 얀이 다른 간호사들과 아무렇지 않게 어울리고 환자들과 격의 없이 친밀하게 지내는 것을 알게 되었다. 복도 너머로 얀의 유쾌한 목소리가 들릴 때면 방콕에서 조금 더 지내볼까, 아주 살아볼까 하는 허황한 생각을 하곤 했다.

한 시간 남짓한 수술 끝에 다시 회복실로 실려 온 해주는 곤히 잠들어 있었다. 잠시 뒤 일어나서는 가슴이 아프다고 말했는데, 예상치 못한 말이라서 나는 좀 당황했다. 해주는 내 표정을 보더니 웃음을 터뜨렸다.

"아니, 유방통이 있다고." 해주가 침대에 누운 채 말했다. "거긴 건드리지도 않았는데, 왜 그러지."

"간호사한테 물어볼까?"

"아냐, 됐어."

나는 호르몬 문제일지 모른다고, 호르몬 투여를 시작했을 때 내게도 그런 증상이 있었다고 말하려다가 그만뒀다. 그 대신 휴대전화로 임신중절 수술의 후유증을 검색해보았고, 종종 흉통을 느끼는 사람들이 있다는 문서를 찾아내 읽어주었다.

해주와 민형이 연인이 된 데에는 나의 공이 제법 컸다. 민형은 해주에게 고백하기까지 시간을 오래도 끌었는데 해주와 단둘이 만나자고 했다가 거절당할 것을 두려워해서 내게 적극적으로, 때로는 거의 절박한 표정으로 동행을 부탁했다. 나는 될 수 있는 한 민형의 부탁을 들어주었다. 그렇게 나는 해주, 민형과 함께 학교 근처의 식당이며 호프집을 돌아다녔고, 어느 날은 학교 정문에서 명동까지 걸어가 레코드숍을 구경했다. 두 사람이 연인이 되고 나서도 그런 날들은 심심찮게 이어졌다. 특히 영화와 관계된 이벤트에 있어서 두 사람은 꼭 내게 동행을 청했다. 우리는 개봉 첫날 서울극장에 가서 「화양연화」를 봤고, 며칠 뒤에는 내한한 왕가위 감독과 양조위, 장만옥을 보겠다며 피카디

리극장 앞에서 한나절을 기다리기도 했다. 인파에 이리저리 휩쓸리면서, 새카만 보잉 선글라스를 낀 왕가위와 정장과 치파오를 각각 차려입은 양조위와 장만옥을 향해 우리는 환호를 보냈다. 민형이 해주의 어깨를 감쌌고, 해주는 사람들 틈에서 내가 밀려나지 않도록 나의 크로스 백 가방 끈을 쥐었다. 우리는 땀에 젖고 어깨를 부딪히면서도 그들에게서 '아이 러브 코리아', '땡큐, 아이 러브 유 올' 같은 단순한 영어 문장을 듣기 위해 내한 행사가 끝날 때까지 극장 앞에 남아 있었다.

해주 커플과 내가 자주 함께했던 일들 중 하나는 동아리방에서 함께 비디오테이프를 보는 것이었다. 동아리방에는 영화를 보는 데 필요한 모든 것이 다 있었다. 당시로서는 화면이 제법 넓었던 텔레비전과 비디오 플레이어, 원래는 3인용이지만 여섯 명은 족히 앉을 수 있는 커다란 소파까지. 방의 한 면을 차지하고 있는 책장에는 선배들이 대대로 모아온 비디오테이프가 빼곡히 꽂혀 있어서, 보고 싶은 영화를 골라 볼 수도 있었다. 게다가 선택지는 점점 많아졌다. 민형이 폐업 세일을 하는 비디오 가게를 돌아다니며 온갖 비디오테이프를 사 모았기 때문이다. 동성애를 다루었다는 이유로 개봉이 불허되었던 「해피 투게더」의 해적판 비디오를 구해 온 것도 민형이었다. 나는 지금도 한 손에 비디오테이프를 들고서 땀에 젖은 얼굴로 동아리방에 들어오던 민형을 기억한다.

"이것 봐."

늦은 오후, 다짜고짜 동아리방으로 나를 불러낸 민형은 인사도 없이 비디오 케이스 하나를 내밀었다. 아무것도 적혀 있지 않은 반투명한 케이스였다. 나는 케이스를 열고 테이프 중앙의 라벨에 적힌 글자를 읽었다. HAPPY TOGETHER, 1997, 왕가위. 민형은 놀라워하는 내 얼굴을 확인한 뒤 만족스러운 목소리로 말했다.

"해주는 금방 올 거야."

잠시 후 해주가 도착하자 우리는 거의 비장한 마음으로 낡은 소파에 자리를 잡고 앉았다. 두말할 것도 없이 「해피 투게더」는 왕가위의 최고작이었다. 그날 우리는 그 자명한 사실을 알게 되었고, 당연하다는 듯 비디오테이프를 되감아 영화를 처음부터 다시 봤다. 그리고 첫차가 다닐 때까지 「해피 투게더」에 대해 이야기했다. 장국영과 양조위의 호연에 대해서, 영화에 삽입된 아스토르 피아졸라와 프랭크 자파의 음악에 대해서, 그리고 왕가위의 재능에 대해서. 민형은 아르헨티나로 여행을 가고 싶다고도 말했다. 모르긴 몰라도, 언젠가 민형은 해주에게 함께 이과수 폭포를 보러 가자고도 얘기했을 것이다.

집으로 돌아오는 동안 해주는 이제 수술도 끝났으니 맥주라도 한잔하자고 소리쳤는데, 집에 도착해서는 일찌감치 잠들어버렸다. 나는 혼자 마트에 가서 미역과 관자, 그리고 내가 먹을 과자와 맥주를 잔뜩 사 왔다. 그리고 해주네 부엌에서 가장 큰 냄비를 찾아 미역을 불리기 시작했다. 그러는 동안 해주는 침실에서 두 팔을 머리 위로 한 채 잠들어 있었다. 밤이 완전히 어두워지고 미역국이 다 끓었을 때에도 마찬가지였다. 나는 해주를 깨우는 대신 맥주병을 들고 거실의 소파에 앉았다. 그리고 해주네에서 자주 그랬듯 텔레비전 VOD로「해피 투게더」를 다시 보기 시작했다.

"안 자고 뭐 해?"

해주가 부스스한 얼굴로 거실로 걸어 나온 것은 장국영과 양조위가 재회해, 텔레비전 화면이 흑백에서 컬러로 막 바뀌었을 때였다.

"영화 보려고."

나는 그렇게 대답하고 영화를 정지시킨 다음 해주가 먹을 미역국을 데웠다. 잠시 후 우리는 각자의 음식을 먹으며 영화를 보기 시작했다. 해주는 미역국을 다 먹고 나서 내가 마시던 맥주를 뺏어 조금씩 홀짝거렸다. 영화가 끝나갈 즘 해주는 자신은 더 이상 왕가위의 팬이 아님을 털어놓았는데, 말투와 표정이 제법 비밀스럽고 진지했다. 그 모습에서 무엇을 좋아하거나 좋아하지 않는 것이 무척이나 중요하던 대학 시절이 떠올라서 나는 웃음이 났다.

"로만 폴란스키를 지지했잖아."

해주는 한층 더 조심스럽게 덧붙였다. 나도 뉴스에서 보아 알고 있던 사실이었다. 아동 성범죄를 저지른 그 영화감독을 위해 수많은 영화인들이 탄원서에 서명했는데, 그 중에는 왕가위도 있었다. 다만 그 뉴스를 접했을 때 나는 더 이상 누구의 팬도 아니었기에 조금 허망했을 뿐 특별히 실망할 것은 없었다. 그런데 해주는 그렇지 않았던 모양이었다. 해주는 곧 폴란스키를 지지한 영화인들에 대해 통탄하기 시작했다. 그 명단에 한때 우리가 좋아했던 거의 모든 감독들이 포함되어 있다고, 배신감이 이루 말할 수 없다고. 그렇게 말하면서 해주는 놀랍게도 눈물을 흘렸다. 나는 영화를 멈추었다. 그리고 해주를 그렇게나 서글프게 만든 것이 폴란스키를 지지한 영화인들이 아님을 깨달았다. 해주는 민형 때문에 울고 있었다.

최근의 민형에 대해서는 아는 바가 많지 않다. 오랫동안 몰고 다니던 낡은 소나타를 아내에게 넘겨주고 자신은 신

220

형 지프를 샀다는 것과, 고혈압을 진단받고 약을 먹기 시작했다는 것 정도를 알고 있었는데, 이마저도 해주를 통해 예전에 들은 것이다. 밤늦게까지 술을 마시고 영화를 보던 우리의 파티가 끝나면서 사실상 나와 민형의 관계도 끊어졌다. 우리의 단출한 파티는 내가 두 사람의 초대를 거듭 거절하며 갑작스럽게 작파되었다. 처음에 나는 바쁘다는 핑계를 댔고, 그다음에는 이제 술을 끊어보려 한다고 거짓말을 했다. 사실 그즈음 나는 성전환을 생각하며 그동안 나를 게이로 알고 있던 사람들과 거리를 두고 있었다. 직장을 그만둔 채 이사 비용과 수술비를 마련하느라 주머니 사정이 어려워지기도 했다. 두 사람과 함께 마실 와인을 사는 것마저 부담스러웠으니까. 그러나 결정적인 이유는 따로 있었는데, 마지막으로 해주네 들렀을 때 있었던 일 때문이었다. 그날이 다른 날들과 크게 달랐던 것은 아니다. 나는 여느 때처럼 와인 두 병을 사 들고 저녁 무렵 해주네 아파트를 찾았고, 해주와 민형은 만두 전골을 준비해놓고 있었다. 우리는 거실 한가운데 놓인 좌탁 위에서 휴대용 가스버너로 전골을 끓였다. 밖은 아직 추워서 베란다 창에 수증기가 서렸는데, 그 덕분에 제법 오붓한 분위기가 연출됐다. 배추와 표고버섯이 흐물흐물해지고 만두가 익어갈 즘 나는 영화를 틀자고 제안했다. 거기에 「가유희사」

라는 답을 한 사람은 해주였다. 곧 장국영의 기일이니까 그걸 보자고, 장국영의 즐거운 모습이 보고 싶다고 해주는 말했다. 해주의 말처럼 「가유희사」는 장국영의 코믹 연기를 감상할 수 있는 영화였다. 영화 속에서 장국영은 여성성을 과장하는 코믹한 남성 캐릭터를 연기했는데 새된 목소리로 별것 아닌 일에 비명을 지르고, 끼를 부리며 꽃꽂이를 하는 식이었다. 전형적인 B급 홍콩영화였고 그리 재미있지도 웃기지도 않았지만, 무언가 먹고 마시면서 배경으로 틀어놓기에는 맞춤했다. 우리는 한창 다른 얘기를 하다가 화면으로 눈을 돌려 킬킬댔고, 그러다 다시 무언가를 먹고 마셨다. 그 흐름을 깬 것은 민형이었다. 민형은 화면 속에서 원피스 잠옷을 입은 장국영을 보고 갑자기 폭소를 터뜨렸는데, 사실 거기에는 그다지 우스울 것이 없었다. 적어도 나와 해주의 눈에는 그랬다. 잠시 뒤 웃음을 그친 민형은 조금 멋쩍어하며 '저런 영화'가 장국영의 커리어를 망쳤다고 다소 뜬금없는 얘기를 꺼냈다. 그러니까 1980, 1990년대 홍콩 영화계에는 괜찮은 감독이 절대적으로 부족해서, 장국영이 저런 B급 영화를 찍는 데 시간을 허비해야 했다는 것이 민형의 요지였다.

"재밌는데 왜? 그리고 귀엽잖아."

나는 민형의 말에 해주가 기분이 상했을 거라고 생각해

그렇게 말했다. 돌이켜 보면 그즈음에 민형은 자주 그런 태도로 해주를 기분 나쁘게 하곤 했다. 셋이 함께 있을 때 장난스럽게 해주의 취향을 놀리거나, 다니던 회사를 그만두고 온종일 집에 있는 해주가 부럽다고 비아냥대는 식이었다.

"너네는 재밌겠지. 장국영 팬이니까." 민형은 다시 말했다. "근데 내 생각은 그래. 저렇게 쪼다가 될 필요는 없었다는 거지."

화면 속에서 과하게 볼터치 분장을 한 장국영을 보고 한 말이었다. 나는 화면 속의 장국영을 바라보았고 정말 귀엽다고, 저렇게 귀여운 남자는 또 없을 거라고 생각했다. 그리고 나의 옛 친구가 어디론가 사라져버렸다는 사실을 받아들였다. 해적판 「해피 투게더」 비디오를 공수해 오고, 장국영이 죽었다는 소식을 듣고 망연해하던 민형은 이제 없어졌다고 말이다. 그날 이후 나는 해주 부부와 한동안 거리를 두고 지냈다. 민형이 건넨 말의 모욕감이 쉽게 지워지지 않았고, 변해버린 민형의 모습도 더 이상 보고 싶지 않았다. 다만 해주와는 종종 단둘이 만나곤 했는데, 예전처럼 해주네로 가지는 않고 광화문이나 시청쯤에서 만나 저녁을 먹고 헤어졌다.

다음 날, 해주는 아침을 먹는 내내 오늘 무엇을 할지에 대해 떠들어댔다. 근처에 오픈한 대형 쇼핑몰을 구경하고 극장에 들러 영화를 한 편 본 다음, 저녁에는 예전처럼 와인을 마시자고 해주는 말했다. 마치 내가 이 집에 놀러 와 있고, 자신은 친구를 재미있게 해줘야 할 의무가 있다는 듯한 태도였다.

"글쎄, 꼭 그러지 않아도 돼."

나는 코로나 바이러스니, 당분간 쉬어야 한다느니 하는 말 대신 그렇게만 대꾸했다. 해주가 자신을 보살피러 온 나에게조차 아무렇지 않게 보이고 싶다면 거기에 장단을 맞춰주고 싶었다. 다만 조금 의뭉스러운 심정이 되기는 했다. 연락 없이 지내다가 나를 집으로 부른 해주의 마음을 알 것 같았기 때문이다. 해주는 친구가 많았는데, 내가 알기로 그들은 모두 결혼해 자녀를 두고 있었다. 어쩌면 해주는 그들에게 자신의 사정을 알리길 원치 않았을지도 몰랐다. 사실 나는 이런 의심을 제법 오랫동안, 그러니까 해주와 민형이 내게 딩크족 부부의 탄생을 축하해달라고 말했을 때부터 품어왔다. 해주 부부가 아이를 포기하겠다고 선언했던 시점에 이미 나는 게이라고 커밍아웃을 했던 터였으므로 내가 가정을 꾸리고 자녀를 둘 가능성이 전혀 없다는 것을 두 사람은 알고 있었다. 그 사실이 우리의 잦은 만남에 영향을 미쳤을지 모른다고 종종 생각했다. 술에 취해 해주네 작은방에 마련된 접이식 침대에 몸을 누일 때면, 한순간에 취기가 가시며 어쩔 수 없이 그런 생각이 들었다.

"아니면 드라이브라도 다녀오자."

해주가 다시 말했다. 한강 옆으로 난 도로를 달리다가 드라이브스루 카페에 들러 음료를 포장해 오자는 계획이었는데, 괜찮은 생각 같았다. 곧 우리는 옷을 갈아입고 음료를 담을 텀블러를 챙겼다. 이번에도 해주가 운전대를 잡았다. 탁 트인 8차선 도로에 이르러 해주는 점차 속력을 높였는데, 그러자 자동차 천장에서 탈탈거리는 소리가 났다. 자갈 같은 것이 천장 위를 대굴대굴 굴러다니는 소리였다. 해주는 카센터에서 점검을 받았으나 특별한 이상은 없었다고 나를 안심시켰다. 수술 이후 무언가 달라진 것이 있냐고 물은 것은 그다음이었다. 그때서야 나는 이틀 밤을 함께 보내는 동안 해주가 나에 대해 자세한 근황을 묻지 않았다는 사실을 깨달았다.

"글쎄, 뭐 보면 알잖아." 나는 여름용 주름치마를 입고 있는 내 모습을 내려다보며 말했다. "나쁘지 않지. 적어도 입고 싶은 옷을 입을 순 있으니까."

차창 밖으로 개천이 보였다. 우리는 파주 쪽으로 달려가는 중이었다.

"그럼 다행이고."

해주는 전방에 시선을 고정한 채 말했다.

어쩌면 해주는 그 질문을 언제 꺼내야 할지를 이틀 동안 고민하다가 지금이 좋겠다고 판단했을지도 몰랐다. 나란 히 앉아 마주 보지 않아도 되고, 시선을 둘 곳이 정해져 있 으니까. 해주와 마지막으로 만났던 날에 내가 그랬다. 어 느 타이밍에 말해야 할지 망설이다가 헤어지기 직전에 바 로 이 차에서 해주에게 당분간은 연락이 어려울 거라는 말 을 꺼냈었다. 달라진 모습에 적응하게 되면 그때 만나자 고, 길어야 일 년일 거라고. 물론 생각보다 그 시기는 길었 고. 해주의 전화가 아니었다면 영영 만나지 않았을지도 모 르지만. 나는 삼십 대 중반에야 성전환을 결심했다. 이전에 나는 스스로를 평범한 사람이라고 믿고 싶어 했고, 그러다 가 게이라는 정체성을 겨우 인정했다. 그 믿음을 유지하기 위해 해주와 민형을 비롯한 몇 명에게 커밍아웃을 했는데, 돌이켜 보면 그건 일종의 자기 학대였다.

"내가 보기엔, 더 좋아 보여."

해주가 또 말했다.

"맞아. 더 편해졌어, 여러 가지로."

나는 차창 너머로 흘러드는 풀 냄새를 맡으며 그렇게 대답했다. 어느새 도로 옆으로 널찍한 호수가 보이기 시작했다. 카페 근처까지 다다랐을 때는 오후 3시가 넘어갈 즘이었다. 드라이브스루 매대로 들어가는 자동차들의 줄은 카페 밖의 도로까지 뻗어 나와 있었다. 해주가 비상등을 켠 채 차선을 변경했다. 매대로 진입하는 차들은 아주 천천히 움직여서, 여기서 한 시간쯤은 우습게 지날 수도 있겠다는 생각이 들었다. 그리고 해주도 같은 생각을 했는지, 아예 카페로 들어가서 커피를 마시는 것은 어떻겠느냐고 내게 물었다. 2층의 테라스 자리에 앉으면 호수를 내려다볼 수 있고, 야외인 만큼 코로나 걱정도 덜하다고 말이다. 과연 그렇게 보이기는 했다. 푸른 파라솔 아래에서 사람들이 아이스커피를 마시는 풍경이 좋아 보였다. 다만 이태원 이외의 공간에서 치마를 입고 돌아다니는 일이 내게는 좀 부담스러웠다. 사실 호르몬 치료에 앞서 해방촌으로 이사부터 한 이유가 그것이었다. 해주네 아파트에서처럼 마트에 다녀오기 위해 모자를 쓰고 매니큐어를 지우지 않아도 됐으니까. 그러나 그런 사정을 설명하면서 저기에 가고 싶지 않다고 말하기는 어려웠으므로 나는 그저 코로나 바이러스 핑계를 댔다. 아무래도 위험할 것 같다고, 저 사람들을 좀 보라고, 마스크를 벗고 있다고.

"아무래도 그렇겠지?"

해주는 고개를 끄덕거렸다. 우리는 거의 한 시간을 기다려 스무디 두 잔을 받았다. 돌아오는 동안에는 마마스 앤 파파스의 「캘리포니아 드리밍」부터 시작해 「중경삼림」의 OST를 모조리 들었고, 대학 시절 연인으로 오해받던 일을 얘기하며 킬킬댔다. 동아리에 가입한 뒤 해주는 민형보다 나와 먼저 가까워졌는데, 동아리 선배들은 해주와 내가 자주 붙어 다니는 것을 보고 당연히 캠퍼스 커플이려니 짐작했다. 그러다 해주와 민형이 연인이 되자 모두들 놀라워했다. 아마도 민형이 내게서 해주를 빼앗아 갔다고 생각하는 눈치였다. 우리는 그 상황을 재미있어해서, 민형과 셋이 어울리던 시절에는 질리지도 않고 그 얘기를 하고 또 했었다.

민형은 우리보다 먼저 집에 도착해 있었다. 해주가 노래를 흥얼거리면서 현관문을 열고 집으로 들어갔을 때, 민형은 거실의 소파에 앉아 있다가 일어났다. 민형은 해주를 향해 뭐라 말하려다가, 해주의 뒤에 선 나를 보고 입을 다물었다. 민형은 나를 단번에 알아보지 못했다. 몇 초 뒤 민형은 거의 신음에 가까운 한숨을 내쉬며 나를 훑어보았다. 아내와 무언가 얘기를 나눠야 한다는 생각조차 잊어버린 듯했다. 나 역시 멍해진 채 옛 친구를 바라보고 서 있었다. 살이 찌고 머리숱이 성글어진 모습이며 거부감으로 질린 표정 때문에 민형은 내가 알던 사람처럼 보이지 않았다. 곧 해주가 정신을 차리고 상황을 정리했다. 해주는 손을 잡아끌어 민형을 안방으로 들여보내고, 내게는 민형과 대화를 나눌 동안만 작은방에 있어 달라고 부탁했다. 나는 그때서야 정신이 들어 자리를 피해주겠다고 말하고 다시 현관문을 밀고 나갔다. 그리고 아파트 밖으로 나와 천천히 걷기 시작했다. 단지는 넓었다. 아파트 건물 사이로 정자가 있었고, 운동기구와 마스크를 낀 채 기구를 붙들고 몸을 움직이는 노인들이 보였다. 건물 하나를 더 지나치자 고무 매트가 깔린 놀이터도 보였다. 걸을 때마다 연분홍색 주름치마가 무릎을 스치며 내가 치마를 입고 있다는 사실을 끊임없이 상기시켰다. 나는 걸음을 빨리 했다. 조금 땀이 날 정도였는데 너무 덥다 싶을 때마다 미풍이 불어와 땀을 식혀주었다. 여름이 다가오고 있다는 것을 알려주는, 습기를 품은 바람이었다. 나는 해주와 민형이 지금쯤 어떤 이야기를 나눌지 상상해봤다. 민형이 사과했을지, 만약 그랬다면 해주가 민형을 용서했을지 궁금했다. 나는 해주가 그러지 않기를 바랐다. 그편이 해주에게 좋다고 생각했다. 사실 내게도 그랬다. 나는 언제나 해주의 불행을 반가워했다. 해주가 임신이 어려운 몸이라는 말을 들었을 때, 임신을 완전히 포기하겠다고 선언했을 때, 그리고 민형과 이혼하겠다고 며칠 전 전화를 걸어왔을 때, 그때마다 나는 해주가 조금 더 마이너한 사람이 되어주길 바랐다. 해주가 아이를 낳지 않기를 은밀하게 원했고, 홀로 되어 우리가 좀 더 많은 것을 공유할 수 있게 되기를 기대했다. 해주는 나의 유일한 친구였으니까. 내가 그런 생각에 빠져 있을 즘, 해주에게서 전화가 왔다. 해주는 데리러 가겠다고, 지금 어디에 있느냐고 물었다. 그러나 아파트 단지의 어디쯤일 뿐 내가 있는 곳을 설명하기는 어려웠으므로, 나는 그저 네게서 멀지 않은 곳에 있다고만 대답했다. 축축한 여름 바람이 불어왔다.

어떤 사람 A

인아영(문학평론가)

1.

서장원의 소설에는 무대 바깥에 서 있는 사람들이 등장한다. 혹은 무대 위일지라도 극 중 자신에게 주어진 배역이 주인공이 아니라고 생각하는 사람들이다. 이름도 대사도 없이 주인공들의 곁을 잠시 지나가는 사람, 그들의 삶을 목격하다가 무대에서 퇴장해야 하는 사람, 환한 조명이나 관객의 박수갈채와는 무관하게 금세 잊히고 마는 사람, 아무도 기억하지 않는 사람, 어떤 사람 A.* 이들은 이 세계가 생긴 모양에 자신이 알맞게 들어갈 자리가 어디인지 찾지 못하고 깜깜한 자리에서 혼자 골똘하게 생각한다. 나는 누구인지, 어디에 있는지, 무엇을 하고 있는지. 그 무대는

---

* 윤상의 노래 「어떤 사람 A」 가사에서 일부 차용.

중장년층은 이제 이해하기 어려운 청년층의 세계일 때도 있으며(「주례」, 「해가 지기 전에」, 「해변의 밤」), 사랑하는 두 연인만의 배타적인 세계일 때도 있고(「망원」, 「이 인용 게임」, 「해피 투게더」), 소수자를 더 구석진 곳으로 몰아내는 '정상성'의 세계일 때도 있다(「프랑스 영화처럼」, 「당신이 모르는 이야기」). 서장원 소설의 인물들은 이 무대에서 조금씩 빗겨나 있다.

그래서 이들에게는 대본이 미리 주어져 있지 않다. 아무도 자신의 존재를 온전하게 승인해주지 않는 무대 위에서 나의 배역에 걸맞은 이야기를 스스로 구성하고 스스로 이해해야 한다. 서장원의 소설은 그들에게 하나뿐인 조명을 비추고 그들이 자신에게로 향하는 길을 꼼꼼하고 사려 깊게 마련해준다. 그 길이 구불구불하고 험해서 자신을 이해하는 결말에 이르지 못하더라도, 대체로 곤경으로 가득해서 실패로 끝나기 쉽더라도, 서장원의 소설은 그 흔들리는 시간 옆에 머물며 끈질기게 들여다본다. 그들이 멀거나 가까운 사람들의 인생을 관찰하면서 잊고 싶었거나 깊숙이 묻어두었던 것을 하나씩 꺼내는 과정은 결국 자신을 받아들이고자 하는 움직임이다. 서장원의 섬세하고 서정적인 문장을 통과한 그 여정은 쓸쓸하지만 그만큼 아름답기도 해서, 그 또 다른 무대를 쉽게 떠나지 못하고 오래 머무르게 만든다.

2.

서장원의 소설이 자주 관심을 기울이는 이들은 인생의 황혼기에 있는 사람들이다. 주로 중장년층인 이 인물들은 제자나 아들과 같은 아랫세대의 삶을 문득 마주하고 그간 자신을 지탱해온 세계관이 점차 붕괴되는 모습을 보며 현기증을 느낀다. 소설은 확고한 믿음으로 지탱해온 오랜 세월이 지나고 나서야 자신은 길 잃은 상태라는 것을 깨달은 이의 곤혹스러운 표정을 천천히 들여다본다.

「주례」는 고등학교 교사직을 정년 퇴임한 경목이 제자 용주의 결혼식 주례를 서기로 했지만 결국 잘못된 시공간에 다다르는 이야기라고 할 수 있다. 우여곡절 끝에 식장에 달했을 때 경목이 목도하는 장면은 주례자의 부재에도 아무 소동 없이 즐거워 보이는 신랑, 신부, 하객들의 모습이다. 이혼한 아내, 소원한 딸과의 관계로 인해 이미 무너져내린 상태였음을 가까스로 외면하고 있었던 경목은 이 대목에 이르러 아무도 자신을 필요로 하지 않는다는 사실을 차갑고 선명하게 인식한다. 소설은 이것이 아내와 자식에게 삶을 강탈당한 남자라는 자기중심적 자의식, 권위적이고 고압적인 교사로서 학생들에게 휘둘렀던 폭력성을 대가로 치른 몫이라는 가혹한 사실을 덤덤하게 드러낸다. 서장원의 여러 소설에서 결혼식이 인물을 세상으로부터 소외시키는 이벤트로 등장하곤 한다는 점을 고려한다면, 떠들썩한 결혼식장에 경목이 홀로 덩그러니 남겨진 모습은 서장원 소설의 중핵을 보여주는 상징적인 장면으로 보이기도 한다.

「해가 지기 전에」의 화자인 장년 여성 기선의 세계 역시 조금씩 무너져내리고 있다. 소설은 기선이 하나뿐인 의사 아들이 입원해 있는 정신병원을 남편과 함께 찾아가지만 결국 다다르지 못하는 여정을 그린다. 몇 년 새 빠르게 늙어가고 있는 예순여섯의 기선은 받아들이지 못하는 것이 여럿 있다. 남편과 자신의 신체로 상징되는 늙고 추하고 쇠하는 것들, 타인에게 쉽게 혐오감을 느끼는 자신의 비위, 어린 시절 아들의 교우 관계에 과잉 간섭했던 과거, 그리고 빠지는 데 없이 잘난 아들이 우울증과 정신질환을 앓고 있다는 믿어지지 않는 현실이다. 병원을 향하는 드라이브 중 아들이 정신병원에 입원해 있다는 사실을 사람들이 알게 될까 봐 노심초사 걱정하고 "우리 아들은 의사예요"(192쪽)라고 묻지도 않은 이에게 굳이 강조하는 기선의 내면에는, 실은 자신의 모성애에 아들의 학벌과 직업이라는 조건이 중요하게 작용하고 있었다는 사실을 어렴풋이 인지하면서도 그것을 애써 부정하고 밀어내려는 척력이 강하게 작동한다.

병원이 가까워질수록 기선은 아들을 향한 애정이 얼마나 일방적이고 피상적이었는지 점차 깨닫는다. 그러나 결국 아들에게 병원 방문을 거절당하고 난 이후 기선을 가장 크게 흔드는 근본적인 깨달음은, 아들의 공고하고 불투명한 세계로부터 차단당한 시점이 오늘이 아니라 어쩌면 이미 아주 오래전이었을지도 모른다는 인정하고 싶지 않은 사실이다. 현실부정, 무력감, 후회가 뒤섞인 복잡한 심정 속에서 노부부는 왔던 길을 다시 돌아간다. 이들이 해변을 지나가는 도중 우연히 목격한, 조급하게 쏘아올려진 작고 초라한 불꽃은 자신이 이미 예전부터 길 잃은 상태였음을 깨달은 화자의 공허한 마음과 닮아 있다.

한편 「해변의 밤」에서는 사고로 아들을 잃은 뒤 아파트를 팔고 운영 중이던 학원을 정리해 귀촌한 중년 남성이 화자로 등장한다. '나' 역시 자신이 감당해야 할 몫으로 남겨진 부재와 상실을 쉽게 인정하지 못한다. 아들의 죽음 이후, 아들이 데려와 키우던 개에 집착하거나 그 빈자리를 채워주는 중학생 소년 수범과 가까이 지내는 아내와 달리, '나'는 "나에게는 그런 존재가 필요하지 않았다"(97쪽)고 단언하고 외부로부터 스스로를 차단한다. 그러나 소설이 진행될수록 일견 확신과 강단으로 이루어진 것처럼 보이는 '나'의 세계가 얼마나 불안정한 기반 위에 있는지 조금씩 폭로된다. '나'가 아들이 개를 데려오자 뺨을 때리는 폭력을 휘둘렀고, 그 개를 못마땅하게 여겨서 아들과 심리적인 갈등을 빚었으며, 모의고사 점수 때문에 호되게 혼낸 날 아들이 바닷가로 나갔다가 사망했다는 사실이 점차 밝혀지는 것이다.

'나'가 경험하는 것은 자신의 비뚤어진 애정과 잠재된 폭력성, 그리고 주변 사람들에 대한 의심과 몰이해로 인해 자신을 지탱해온 세계가 점점 부서져가는 것을 인식하는 과정이다. 결국 아들이 남긴 개를 잃어버린 날에 자신이 운전을 하다가 그 개를 목격했었다는 사실을 문득 기억해 내는 '나'는 "그 밤, 개를 영원히 잃어버렸다"(114쪽)는 마지막 문장에 이른다. 그러나 「주례」의 경목, 「해가 지기 전에」의 기선과 마찬가지로 「해변의 밤」의 '나'에게 주어진 가장 잔인한 진실은 소중했던 무언가를 상실했다는 사실 자체가 아니라, 이 상실이 현재 시점이 아니라 오래전에 이미 발생했었으며 자신은 그 상실로부터도 소외되어 있었다는 사실이다. 무언가를 찾으려고 가까이 다가가지만, 그럴수록 자신이 손을 뻗으려는 대상이 이미 오래전에 잃었던 무언가라는 사실을 알게 되는 가혹한 시차가 이 소설들에 포개져 있어 비극성을 느끼게 한다.

3.

자신이 무대 위에서 주인공이 아니라 단지 지나가는 사람일 뿐이라고 여기는 사람들은 주인공이 있는 쪽을 바라보며 서 있기 마련이다. 그들의 서사를 목격하고 그것을 경유함으로써 가까스로 자신을 직면하는 시선을 가져볼 수 있기 때문일까. 그것은 어쩌면 한 번도 자신의 서사를 온전하게 가져보지 못한 이가 스스로를 이해하고 받아들이기 위한 불가피한 선택지일 수 있다. 그 무대가 두 연인의 배타적인 세계인 경우, 서장원 소설의 세심한 시선은 물론 그 세계로부터 소외된 사람의 실루엣을 향해 있다.

「망원」은 '나'가 2년 전에 헤어졌던 전 남자 친구 이석으로부터 장문의 메일을 받는 장면으로 시작한다. 호주에 워킹홀리데이를 갔다가 귀국한 이후 별다른 직업 없이 아버지, 새어머니와 살고 있는 '나'에게 이석은 연애 시절 함께 키웠던 개 망고를 맡아달라고 부탁한다. 망원의 한 카페에서 재회한 이석으로부터 그 부탁의 이유가 개를 싫어하는 아내라는 사실을 알게 된 '나'는 모욕감을 느낀다. 이석이 결혼했다는 사실을 몰랐을뿐더러 이 같은 감정이 이석의 의도한 바가 아니라는 사실, 그러니까 이석에게 전 여자 친구인 자신이 이미 무던하고 대수롭지 않은 존재가 되어버렸다는 사실을 확연하게 느꼈기 때문이다.

이 소설의 중요한 깊이는 '나'가 이 갑작스러운 모욕감을 처리하는 시간에서 온다. 소설에는 '나'가 혼자 조용하게 사색하며 산책하는 장면이 세 번 등장한다. 첫 번째는 카페 앞에서 이석과 헤어진 뒤 그가 걸어간 방향과 반대편으로 마냥 걸으며 이석으로부터 받은 모욕감을 곱씹고 그와 함께 보냈던 과거를 회상하는 장면. 두 번째는 망고를 데리러 이석이 사는 신혼집 앞으로 갔다가 그가 아내와 함께 있는 모습을 목격하고는 아파트 단지를 도는 장면. '나'의 산책이 거듭될수록 연인들의 세계에서 추방되거나 배제되어 홀로 남겨져 있다는 사실이 선명해진다. 그러나 이는 한편으로 소설이 '나'라는 인물에게 전 연인으로부터 받은 모욕감, 상처, 쓸쓸함을 받아들일 시간을 충분히 마련해주고 그 쉽지 않은 과정에 의미를 부여하는 장치이기도 하다. 그렇기에 "평범한 사람이라고 해서 반드시 평범한 행복을 누리리라는 것은 아니라는 사실을 모르던 시절의 일"(164쪽)이라고 과거 연애를 회상하는 '나'의 목소리에는 자기 몫의 슬픔을 견디려는 담담함이 녹아 있다. 세 번째 산책은 대장암 선고를 받은 이모가 입원해 있는 암 병동의 지하를 도는 마지막 장면에서 이루어진다. 아마도 '나'와 비슷한 성향을 공유하고 있고, 특별한 친구의 결혼식에서 무대 밖의 배역이 되어야 했던 아픔을 가지고 있는 이모에게, '나'는 자신과 망고의 이야기를 해주어야겠다고 다짐한다. 이 마지막 산책에 이르러 '나'의 발걸음에는 그저 머뭇거리면서 감정을 삼키는 것이 아니라 이모, 망고라는 소중한 존재의 곁에서 자신을 제대로 바라보고 이해하려는 사람의 단단함을 가지게 된다.

「이 인용 게임」에도 헤어졌다가 오랜만에 재회한 커플이 등장한다. 호주 유학 시절에 만났지만 한국에 돌아와서 연애와 이별을 거친 '나'와 전 여자 친구인 노영은 이제 가끔 만나 술을 마시는 사이가 되었다. 사귀었을 때만큼 가깝지는 않지만 여전히 친밀함은 남아 있고 서로가 가정사를 아는 유일한 타인이라는 점에서 이들의 관계는 산뜻하거나 매끈하지만은 않다. 회사 일로 중국에 파견하게 된 노영으로부터 알츠하이머에 걸려 요양원에 머물고 있는 어머니 이야기를 들으면서 소설의 초점은 점차 노영의 삶으로 가까이 다가간다.

노영의 이야기는 전 연인에 대한 복잡한 마음을 가지고 있는 '나'의 시선을 통과하면서 서정적인 색채와 애틋한 공간감을 만들어낸다. 노영은 중학교 시절 소아암으로 사망한 오빠의 투병 생활 뒤치다꺼리를 하면서 딸이라는 이유로 군소리 없이 노동을 떠맡고 부모에게 투명인간처럼 여겨졌던 일을 담담하게 '나'에게 전한다.* 병실에서 보드게임을 하면서도 이 인용이라는 이유로 곧잘 제외되곤 했던 노영에게 (소설의 제목이기도 한) '이 인용 게임'은 단지 놀잇감에 그치는 것이 아니라, 자신을 외부로 밀어내는 타인들의 세계이기도 한 것이다. 그렇기에 "그게 다 이 인용 게임이야. 보드게임이 그래. 셋이서 할 수 있는 게임은 잘 없어."(58쪽)라는 노영의 목소리에는 쓸쓸함이 있다. 소설의 말미에서 엄마 몰래 오빠의 유품을 팔았던 노영의 작은 복수는 '나'가 호주 유학 시절 노영을 부당하게 무시하고 차별했던 집주인의 아들이 남긴 마지막 일기를 쓰레기통에 폐기하는 장면과 겹쳐진다. 이 두 복수 행위는 어쩌면 '이 인용 게임'에 들어가지 못하고 그 언저리에 서 있을 수밖에 없는 사람들이 거의 유일하게 선택할 수 있는 반격이었을지 모른다. 호주에서 '나'와 노영이 처음으로 마음을 나누었던 시간을 떠올리는 마지막 장면에는, 그 반격의 뒷면에 헤어진 연인들이 두 사람만의 세계를 갈망하는 쓸쓸한 희구가 있을지도 모른다는 생각을 하게 한다.

한편 「해피 투게더」의 화자이자 주인공은 삼십 대 중

---

* 작가는 가족 내 아들과 딸에게 차등적으로 부여되는 역할 분배에 관해 "사랑받는 아들의 부재는 사랑을 베푸는 딸의 부재보다 더 슬픈 일이라고" 여겨지는 현실이 작품에 반영되었음을 밝힌 바 있다. (「서장원×조연정 인터뷰」, 『소설 보다: 가을 2020』, 문학과지성사, 2020)

반이 되어서야 성전환을 결심하고 태국에서 수술을 받은 MTF 트랜스젠더다. '나'는 시스젠더 헤테로 여성인 대학 동창 해주가 이혼과 임신중절 수술을 앞두자 그녀를 돕기 위해 집에 방문한다. 성 정체성이 다른 두 여성의 우정 혹은 레즈비언 욕망을 그리고 있는 것으로 해석되기도 하지만, 소설에서 가장 세심하게 부각하고 있는 것은 두 사람 사이의 기울어진 위계이다.* '나'는 자신이 다른 친구들과 달리 유자녀 기혼인이 아닌 비혼인이기에 해주가 조금 더 편한 마음으로 불렀다는 사실을 알고 있다. 또한 해주는 자신과 달리 유방통을 느끼기도 하는 시스젠더 여성이며, 수다 중 느닷없이 눈물을 흘리는 까닭이 자신과 함께 왕가위 감독을 좋아하며 공유했던 기억 때문이 아니라 남편 민형 때문이라는 사실도 잘 알고 있다. 대학 시절부터 "두 사람이 내가 없는 시간에도 그렇듯 즐거운 분위기를 유지할 거라고 막연하게 믿"(211쪽)고 혼자 시간을 보내는 데 익숙한 '나'는 자신과 해주가 서로에게 기대하고 요구할 수 있는 애정의 종류와 강도가 다르다는 것을 잘 알고 있다. 그

---

* 이와 관련해 오혜진은 해주와 '나'의 관계는 여성연대로 정리되는 것이 아니며 여기에 "시스젠더 헤테로 커플로부터 미묘한 차별과 타자화를 경험한 트랜스여성 '나'"의 "불온한 욕망"이 내재되어 있다고 해석한다. (서장원, 『해피 투게더』, 페이지 모리스 옮김, 아시아, 2021)

렇기에 수술도 회복도 혼자 감당해온 '나'는 해주가 자신의 근황을 묻지 않아도 사후에 사과받으면 그것으로 고맙다고 생각하는 사람이다.

물론 이는 시스젠더 헤테로와 트랜스젠더 퀴어 사이에서 발생하는 권력의 차이와 무관하지 않다. 한국사회에서 정상으로 여겨지는 생애주기의 진입 여부에 따라 생활 반경과 조건은 차등적으로 구획되기 때문이다. 그러므로 소설의 말미에 "언제나 해주의 불행을 반가워했"으며 "해주가 조금 더 마이너한 사람이 되어주길 바랐다"(230쪽)고 갑작스레 고백하는 '나'의 목소리는 상대를 끌어내리려는 음험한 욕심이 아니라 그저 상대와 더 많은 것을 공유하고 싶어 하는 사람의 소박한 소망에 가깝다. 자신이 메이저가 될 수 없다는 사실을 너무 정확하게 알고 있는 사람이 소중한 사람에게 용기를 내어 가까스로 내뻗는 손길이다. "나는 그저 네게서 멀지 않은 곳에 있다"(230쪽)는 마지막 대사 역시 '평범한 사람'-'게이'-'트랜스젠더'라는 세 단계를 거쳐 정체성을 겨우 인정하게 된 사람이 쉽사리 전복될 수 없는 위계와 무관하게 그저 상대방과 함께 하고 싶은 간절한 마음을 드러내는 말이기도 하다.

4.

물론 이미 두 사람만의 세계를 이룬 커플도 불안이나 갈림길 앞에서 흔들리기도 한다. 「태풍을 기다리는 저녁」에서 태풍 오기 직전의 여름날, 신혼부부인 도경과 유준은 해변의 펜션으로 여행을 떠난다. 식품회사의 선후배 사이로 만나 결혼한 두 사람은 유준이 불임 판정을 받고 아이 갖기를 완전히 포기한 이후 우울한 나날을 보내고 있었던 것이다. 지난 몇 달 간 무신경해 보였던 도경이 신경 쓰였던 유준은 이번 여행으로 분위기를 전환할 수 있기를 기대하지만, 겉으로는 다정하고 평온해 보이는 두 사람의 관계는 보이지 않는 곳에서 이미 균열이 이루어지고 있었다. 도경은 전남편이 캐나다로 딸 현서를 데려간 이후 아이가 있는 가정에 대한 갈망이 커져 있는 상태인 반면 유준은 불임 판정을 받고 나서야 비로소 아이에 대한 생각을 해 보기 시작했고, 유준보다 다섯 살 연상에 회사에서 직급도 높고 평판도 나았던 도경은 결혼 후 퇴사하여 경력단절을 감내하고 있었지만 유준은 자신이 결혼 생활에서 무엇을 원하는지 잘 모르겠다며 모호한 상태에 있기 때문이다.

예보를 뒤집고 폭우가 내리기 시작하면서 펜션에 있는 개를 목욕시키는 장면에 이르러서는 두 사람의 간극이 예상했던 것보다 더 깊은 차원에서 벌어져 있었음이 드러난다. 어린 시절 십 년 동안 개를 키워본 적이 있었지만 "누군가를 또 잃어버리는 게 이제는 무서워"(148쪽) 더 이상 개를 기르지 못하는 도경은 곧 한국으로 돌아올 딸 현서와 함께 살 것이라고 선언한다. 다소 일방적인 도경의 선택에 유준은 현서와 같이 살아갈 자신을 선뜻 보이지 못하고, 한 달 전 퇴사한 인턴과 미약하게나마 성적인 긴장감을 즐겼던 일을 떠올리면서 자신이 놓쳤을 어떤 기회를 떠올린다. 곧 다가올 태풍을 기다리는 마지막 장면은 가장 가까운 사이에서 가장 안쪽부터 조용히 진행되고 있었던 파열의 기미를 머금고 있는 것이다.

한편 「프랑스 영화처럼」은 FTM 트랜스젠더 연인인 유재와 '나'의 이야기다. 성소수자 인권단체에서 주최하는 에세이 수업에서 만난 두 사람은 동거하며 살고 있는 다정한 연인이다. 유재는 에세이 수업에서 언어장벽이나 인종차별이 없는 프랑스 사회를 유토피아처럼 묘사하고 실제로도 프랑스어를 공부하면서 언젠가는 그곳으로 떠나고 싶어 한다. 얼마간은 판타지라는 것을 알고 있으면서도 "여기보다 더 친절한 세계가 있다면 그 세계를 한 번 겪어보고 싶다"(80쪽)는 유재의 소망의 이면에는 법원 성별 정정 신청을 반려당한 뒤 한국 사회에서 존재를 승인받지 못하는 퀴어의 고통이 있다. 발바닥에 가시가 박혀 있는 것 같다는 유재의 환상통은 그러한 고통이 신체의 물리적인 감각으로 전이된 것으로, 자신의 존재가 부정당하는 폭력적인 경험이 몸과 마음에 깊이 내면화되어 있음을 드러낸다.

'나'는 유재를 따라 프랑스에서 일 년만 살아보기로 결심하지만, 코로나19 사태 이후 연일 터지는 뉴스는 "이웃들에게는 우리를 연인으로 소개할"(84쪽) 수 있을 거라 여겼던 문화적 선진국도 소수자 차별과 혐오범죄로부터 자유로울 수 없다는 당연한 사실을 새삼 인지하게 한다.* 이것은 단지 막연한 유토피아적 희망이 좌절되는 경험이라기보다 절박하게 벗어나고자 했던 억압의 조건을 다시 깊이 인식하게 되는 사건에 가깝다. 그렇기에 마지막 장면에 이르러 유재에게 가시를 뽑았으니 괜찮다고 말해주는 '나'의 다정함 안에서도, 서로가 있는 곳이라면 "솜과 천으로 만들어진 포근한 세계"(86쪽)라고 느끼는 시간 속에서도, 언제나 존재를 위협당하고 있는 퀴어로서의 불안이 유동할 수밖에 없는 것이다.

가장 최근 소설인 「당신이 모르는 이야기」에서 등단한

---

* 김건형은 이 같은 인식이 "서구의 모델에서 많은 영향을 받으며 '시민-퀴어'의 시간을 상상했던 한국(과 여러 아시아 국가)의 퀴어 담론/문화가 마주해온 곤혹을 새삼 깊이 앓는" 현상이라고 분석한 바 있다. (김건형, 「계간평: 올해 우리가 잃어버린 시간들이 있는데」, 『문학동네』, 2020년 가을호)

지 얼마 되지 않은 기혼여성 작가 '나'는 서른셋이 되던 늦여름에 SNS를 통해 고등학교 동창 민주의 연락을 받는다. 레즈비언인 민주는 "하루 종일 연락이 닿지 않았던 연인이 교통사고로 사망했다"(11쪽)는 실제 경험을 소설로 써주기를 부탁한다. 이렇게라도 기록되지 않으면 자신조차 죽은 연인의 존재를 의심하게 될 것 같다는 설명이 뒤따라온다. 이는 한국 사회가 '정상성' 기준에 따라 차등적으로 승인하는 관계의 형식이 성소수자라는 이유로 연인의 죽음 앞에서도 자신의 위치나 관계를 증명할 수도 공개적으로 기억할 수도 없게 만드는 부당한 상황을 압축적으로 드러낸다. 결국 '나'는 소설을 쓰기로 하지만, '나' 역시 레즈비언일 것이라는 민주의 오해로 인한 부탁이었음이 밝혀지면서 소설은 다른 국면을 맞이하게 된다.

이 소설의 특별한 점은 간접적으로 전해들은 민주의 이야기를 문학적으로 재구성하는 과정에서 '나'의 서사가 다시 쓰인다는 것이다. 학창 시절 선유와 사귀는 사이인 줄 알았다는 민주의 오해로 인해 '나'는 동성애에 유한 분위기가 감돌던 여학교에서 선유에게 미묘한 감정과 섹슈얼한 긴장감을 느꼈던 과거를 회상한다. 시스젠더 헤테로의 정체성을 의심해본 적이 없었던 '나'는 자신의 내부에 오래 잠겨 있었던 욕망을 마주하고 자신의 정체성을 재구성하게 된다. 민주가 다소 건조하게 제공한 단편적이고 객관적인 정보들을 바탕으로 만들었기 때문에 "갑작스레 연인을 잃고 어디에도 감정을 호소할 수 없게 된 레즈비언의 이야기"(32쪽)라는 골격은 같지만, 결과적으로 민주의 이야기는 아닌 새로운 서사가 탄생한 것이다. 민주의 연인이 실은 죽지 않았다는 사실이 밝혀진 이후에도 '나'에게 중요한 것은 민주에게 선유와 관련된 자신의 이야기를 털어놓을 수 없다는 답답함이다. 시스젠더 헤테로 기혼 여성으로서 법적으로 보호받는 부부관계의 혜택과 자유를 당연하게 누렸던 '나'는 민주의 이야기를 경유함으로써 처음 사회적으로 승인되거나 증명될 수 없는 관계의 사각지대에 "민주와 아무 상관없는"(35쪽) 자신만의 이야기가 잠겨 있음을 발견하고 이를 계속 써나간다.

이는 서장원의 소설들에서 공통적으로 작동하는 원리, 즉 타인의 삶을 경유하여 지금까지 비가시화되었거나 서사화되지 않았던 '나'의 이야기를 발굴하는 원리와 무관하지 않다. 그것이 무대 위의 주인공이든, 아니면 느닷없이 일상으로 들어온 낯선 이든, 타인을 바라보는 시선은 결국 '나'라는 사람의 정체성을 경유하며 비로소 하나의 이야기가 된다. 불가피한 상황이나 선택으로 타인의 배역을 바라보고 있어도 결국은 일인칭으로 만들어지는 자신의 이야기로 계속 이어지고 쓰인다는 것은 소설의 장르적인 특성과도 연결된다. 물론 그것은 서장원의 소설이 꾸준히 만들어내고 있는 고유한 감수성과 미학이기도 하다.

작가의 말

 책의 끄트머리에 이 소설들을 쓰는 동안 지키려고 했던 두 가지 원칙을 말하고 싶다.

 첫 번째는 소설 속에서 누구도 미워하고 정죄하지 말자는 것이었다. 작품 속에서 무엇이든 할 수 있는 작가가 작중 인물들에게 그런 감정을 투사하는 것은 비겁하다고 생각했기 때문이다. 이 원칙은 가까스로 지켜졌다고 생각한다.

 두 번째는 작중 인물들이 불행한 상황에 있다면 그들에게 힘이 될 수 있는 누군가를 곁에 있게 해주자는 것이었다. 이들이 고난을 겪더라도 그것을 누군가와 함께 나눌 수 있었으면 하는 바람에서였다. 그러나 아쉽게도 이 원칙은 많은 경우에 지켜지지 못했다. 그래서 미안했다. 앞으로는 더 노력해보려고 한다.

기꺼이 이 책을 집어 들고 여기까지 페이지를 넘겨주신 독자 분들, 책을 만들고 알리는 일에 힘써주신 다산북스 직원 분들에게 감사의 말씀을 전해드린다.

2021년 6월

서장원

당신이 모르는 이야기

초판 1쇄 인쇄 2021년 6월 14일
초판 1쇄 발행 2021년 6월 24일

지은이 서장원
펴낸이 김선식

경영총괄 김은영
책임편집 한나래 **디자인** 박수연 **크로스교정** 조세현 **책임마케터** 박태준
콘텐츠사업6팀장 이호빈 **콘텐츠사업6팀** 임경섭, 박수연, 한나래, 정다움
마케팅본부장 이주화 **마케팅3팀** 이미진, 박태준, 유영은
미디어홍보본부장 정명찬 **홍보팀** 안지혜, 김재선, 이소영, 김은지, 박재연, 오수미
뉴미디어팀 김선욱, 허지호, 염아라, 김혜원, 이수인, 임유나, 배한진, 석찬미
저작권팀 한승빈, 김재원
경영관리본부 허대우, 하미선, 박상민, 권송이, 김민아, 윤이경, 이소희, 이우철, 김재경, 최완규, 이지우, 김혜진

펴낸곳 다산북스 **출판등록** 2005년 12월 23일 제313-2005-00277호
주소 경기도 파주시 회동길 490
전화 02-702-1724 **팩스** 02-703-2219
이메일 dasanbooks@dasanbooks.com
홈페이지 www.dasanbooks.com
블로그 blog.naver.com/dasan_books
종이 IPP **출력·인쇄** 영진문원 **후가공** 제이오엘엔피 **제본** 대원바인더리

ISBN 979-11-306-3836-2 (03810)

다산북스(DASANBOOKS)는 독자 여러분의 책에 관한 아이디어와 원고 투고를 기쁜 마음으로 기다리고 있습니다. 책 출간을 원하는 아이디어가 있으신 분은 다산콘텐츠그룹 홈페이지 '원고투고'란으로 간단한 개요와 취지, 연락처 등을 보내주세요. 머뭇거리지 말고 문을 두드리세요.